AF185999

Klaus Nahlenz

Ich habe Rücken

Copyright: © 2016: Klaus Nahlenz
Lektorat: Erik Kinting – www.buchlektorat.net
Umschlag & Satz: Erik Kinting

Verlag: tredition GmbH, Hamburg

Das Werk, einschließlich seiner Teile, ist urheberrechtlich geschützt. Jede Verwertung ist ohne Zustimmung des Verlages und des Autors unzulässig. Dies gilt insbesondere für die elektronische oder sonstige Vervielfältigung, Übersetzung, Verbreitung und öffentliche Zugänglichmachung.

Bibliografische Information der Deutschen Nationalbibliothek:
Die Deutsche Nationalbibliothek verzeichnet diese Publikation in der Deutschen Nationalbibliografie; detaillierte bibliografische Daten sind im Internet über http://dnb.d-nb.de abrufbar

20 Minuten vor acht Uhr morgens. Freitag. Ich bin im ersten Stockwerk meines Einfamilienhauses aus den Fünfzigerjahren, das ich 2005 für mich und meine Familie erworben habe. Abgesehen von den üblichen, immer wieder notwendig werdenden Renovierungen und Reparaturen, habe ich seitdem einiges investiert. Die Terrasse wurde vollständig umgestaltet. Eine fast fünf Meter hohe Sandsteinmauer begrenzt Terrasse und Rasenfläche und schirmt so die Einfahrt ab. Eine große zweiflügelige Holztüre ermöglicht es, den Garten zu nutzen. Dieser Zugang ist für Transporte über die Terrasse ideal und es hat so manchem Gast schon mal ein wenig den Heimweg verkürzt. Vor Kurzem wurde in einem anderen Teil des etwa 3000 Quadratmeter großen Grundstücks eine Sauna und ein *Hot Tube* fertiggestellt und eingeweiht.

Wir haben jetzt Ende Januar und noch vor sechs Wochen habe ich glücklich und zufrieden dieses kleine Wellnessparadies genutzt. Körper und Seele baumeln lassen und entspannt. Jetzt schleppe ich mich mit dem Mut der Verzweiflung die Treppe vom Schlafzimmer ins Erdgeschoss hinunter. Trotz aller Schmerzen bin ich froh, dass die Nacht zu Ende ist. Mein Hausarzt bietet noch an, zu mir hoch in den ersten Stock zu kommen. Ich bin überzeugt, dass es auch so geht, und halte mich am Geländer nach unten fest. Der Arzt wurde von meiner Frau vor der Praxis, die mitten in unserem Ort und gegenüber unseres Bürohauses, liegt abgefangen.

»Wo tut es denn weh«, fragt er, »aha im Rücken, mehr um den Lendenbereich, Bandscheibe, okay, seit gestern, sehr bedenklich.«

Möglicherweise ein Bandscheibenvorfall, der in einer Klinik unverzüglich genauer untersucht werden muss. Mein Arzt telefoniert mit der Orthopädie des Krankenhauses, so etwa 20 Kilometer entfernt. Dieses hat, was solche Krankheitsbilder und deren Behandlung angeht, einen guten Ruf. Dort ist man bereit mich aufzunehmen.

Ein Krankentransport wird gleich geordert und im Anschluss gibt mein Arzt die Einweisung aus. Dann bekomme ich noch ein Schmerzmittel direkt in die Gegend gespritzt, wo es so arg wehtut. Jetzt muss ich erst mal eine halbe Stunde warten, bis die Sanitäter mich abholen. In der Zwischenzeit heißt es, das Nötige für den kurzen Krankenhausaufenthalt einzupacken. Meine Frau hilft dabei, will viele dringend notwendige Sachen wie mehrere Trainingsanzüge (habe nur einen), Handtücher, Waschlappen und so weiter einpacken. Nur mit Mühe kann ich meine Wünsche – ein Buch, iPad, Smartphone, E-Book-Reader, Rasierwasser, Rasierer (elektrisch und trocken) durchsetzen. Den Jogginganzug kann ich ja gleich anziehen.

Ich wuchte mich also Schritt für Schritt beziehungsweise Stufe für Stufe wieder in den ersten Stock. Ohne den Handlauf rechts, an dem ich mich hochziehen kann, wäre die Treppe ein unüberwindliches Hindernis für mich. Ganz in Gelb, denn das gute bequeme Teil besteht aus einer gelben weichen Hose und einem etwas dunkleren flauschigen Jackenteil mit Kapuze, bin ich dann zur Abfahrt bereit. Die beiden sportlichen Kleidungsstücke stammen noch von einer Einkaufstour, die ich mir am Rande einer vierwöchigen Harleytour im Outletcenter im original amerikanischen Stil vor Jahren mal gegönnt habe. Genauer: vor fünf Jahren, kurz vor meinem 50. Geburtstag. Ich schnappe mir noch Block und Kugelschreiber und es geht wieder abwärts ins Erdgeschoss.

Eigentlich kann ich weder schmerzfrei stehen noch sitzen. Es tut wirklich höllisch weh.

Dann kommen die freundlichen Helfer vom Roten Kreuz. Laufen geht schon gar nicht mehr gut. Außerdem liegt noch Schnee und wir müssen vom Haus aus gesehen erst wieder ein paar Stufen und dann 50 Meter einer Einfahrt, die zur Straße hin ansteigt, überwinden. Also holen die Sanitäter erst mal, nachdem wir die ersten zehn Meter mehr schlecht als recht geschafft haben, einen Rollstuhl. In dem sitzt es sich ganz angenehm, nachdem die Schmerzspritze jetzt auch ihre Wirkung voll entfaltet hat. Über eine Art Laderampe werde ich sitzend mitsamt dem Rollstuhl in den Krankentransporter verfrachtet.

Die Fahrt ins Krankenhaus dauert etwas mehr als 20 Minuten. Einer der beiden fährt, während die Zweite bei mir sitzt, also im Laderaum, um mir in diesen Minuten beizustehen. Ich bin zum ersten Mal im Leben (es wird noch öfter so sein) in dieser merkwürdigen, misslichen Situation. Es ist ein reiner Krankentransport, wie ich erfahre. Da gibt es nämlich Unterschiede: Es wird nur transportiert, nicht gerettet. Dafür sind weder der *Bully*, ein großer Transporter mit Menschentransportausstattung, ausgerüstet noch die Sanitäter ausgebildet. Dazu gehören umfangreiche Vorrichtungen, in die mein Rollstuhl fest eingerastet und im Anschluss mit Gurten festgemacht werden kann. Wenn sie mehr machen wolle, als mich nur rein und raus zu wuchten, müsse sie eine Weiterbildungen zur Rettungssanitäterin machen. Dazu hat sie aber keine Zeit, weil sie und ihr Freund eine gemeinsame Wohnung haben. Daraus ergeben sich Aufgaben wie Kochen, Waschen, Putzen, auf Schicht gehen, miteinander reden, Sport machen, Fernsehen, Freunde haben und betreuen, nicht vorhandenes Geld verplanen, mit dem Vermieter streiten und den getrennt lebenden Eltern notwendige Informationen übermitteln. Im Ergebnis muss die Weiterbildung warten. Na gut, so habe ich wenigstens diese interessante Geschichte zu hören bekommen. Ich habe einen ersten Anflug einer Ahnung erhalten, was für mich alles neu ist. Das hätte ich echt nicht gedacht.

So lebt dann wohl auch mein Sohn mit seiner Freundin, die er jetzt fast genau in acht Monate heiraten will. Seit über einem Jahr wird dieses Ereignis geplant. Mit dämmert jetzt, wieso diese lange Zeit nötig ist. Dann müssen die beiden sich auch noch über ganz wesentliche Details dieser Festveranstaltung verständigen, mit dem Ziel einer einvernehmlichen Regelung. So zum Beispiel sind Blumen out oder in oder wie gestalten wir eine progressive, alternative, coole Hochzeitsfeier mit weißem Kleid, Schleier und dunklem Anzug? Locker, easy und mal ganz anders wie die anderen?

Bevor wir an der Laderampe beziehungsweise dem Garagendock der Klinik ankommen, frage ich meine Sanitäterin, ob sie denn auch mal den Transporter fahren darf? Sie meint, da gebe es regelmäßige Wechsel. Sehr beruhigend, denke ich, nicht nur für den Fall, dass der Fahrer ausfällt, sondern dass hier überhaupt gesellschaftliche Unterschiede oder Vorurteile wie *Frau am Steuer* Gott sei Dank nicht zählen.

Ich werde abgeschnallt und die beiden bringen mich in eine Aufnahmestation zum Einchecken und zur Vornahme erster Untersuchungen. Meine Frau kommt auch gerade an, mit allem, was wir so als Mitnehmsel vereinbart haben. Sie kennt sofort ein, zwei von den Mädels am Empfang, weil die ja auch bei ihr in der Schule waren. Ob das was bringt, kann ich noch nicht beurteilen. Immerhin sind sie freundlich und nehmen meine Personalien auf. Ich gewinne den Eindruck, dass alles in Ordnung ist. Das ist ja wichtig. Gibt mir ein Gefühl der Sicherheit. Ich bin registriert. Es gibt Formulare, auf denen bin ich erfasst. Jetzt kann nichts mehr passieren.

Vor allem die Frage der Kostenübernahme kann jetzt schon mal geklärt werden. Meine Krankenversicherung kann ich aufsagen. Die

Nummer hat meine Frau. Gott sei Dank. Wie peinlich, wenn wir jetzt wieder heim müssten. Der Ablauf wäre gestört. Der Vorgang müsste von der nächsten Schicht bearbeitet werden und es würde zumindest die Möglichkeit einer gewissen Verärgerung aufseiten der Krankenpflegerinnen bestehen. Nein, das will ich nicht.

Sofort komme ich zur Untersuchung. Es ist halb elf. Ein richtiger Arzt spielt mit mir erst mal das Fragebogenformular-Frage-Antwort-Spiel:»Ja wo fehlt es denn bei Ihnen?« Ein Blick in den Einlieferungszettel bringt ihn weiter.»Können Sie laufen?«
Ich denke mir: *Ja klar, der Rollstuhl soll nur mehr Mitleid erregen.*
Also schiebt er nach, bis zur Krankenliege natürlich. Klar.
Ich wie immer:»Das geht schon.«
Ich stehe also, stütze mich mit beiden Händen ab. Er schiebt meine Jacke und mein T-Shirt hoch, tastet ab und stellt fest:»Wahrscheinlich Bandscheibenvorfall.«
Ich schätze, der Mann weiß, wovon er spricht. Dass seine Diagnose mit meiner höchst persönlichen Einschätzung übereinstimmt und er dann auch meinen Hausarzt bestätigt, ist erfreulich, so herrscht hundertprozentige Übereinstimmung. Wir sind uns einig. Es entsteht ein Gefühl der gegenseitigen Akzeptanz, ja fast schon männlicher Freundschaft.
»Seit wann haben Sie das denn schon?«
»Eigentlich schon seit Jahren, aber so schlimm war es noch nie.«
Mit 19 Jahren, zu der Zeit, zu der ich meine berufliche Laufbahn als Auszubildender, damals Lehrling eines Bankhauses, heute *Heuschrecken,* begann, sind zum ersten Mal größere Schmerzen aufgetreten. Auf der rechten Seite hinten, also im Rücken in Höhe des Schulterblattes kam es zu Verspannungen, die damals durch die gerade sehr in Mode gekommene Unterwassermassage bearbeitet wurden. Eine Heilung konnte ich nicht erfahren, wohl aber eine

deutliche Verbesserung nach der Abarbeitung der verordneten zehn Anwendungen. Das war der Start meiner *Rückenkarriere*, was ich allerdings im Wesentlichen verschwieg, nach wie vor davon überzeugt, dass diese Einlassungen auf früher die weitere Verfahrensweise nicht wesentlich beeinflussen würden.

»Wie ist es denn passiert? Gab es ein bestimmtes Ereignis, das diese Beschwerden so massiv ausgelöst hat?«, lauteten die nächsten ausforschenden Fragen.

Nun, ich hatte Vertrauen gefasst, das Gefühl des gegenseitigen Verstehens schwängerte den Raum und so setzte ich an, die Wahrheit in ihrer ganzen ungeschönten Form, diesem fremden Menschen (der etwa mein Alter hatte, jedoch deutlich zehn Kilo weniger wog) offen zu legen, alles zu erzählen, so wie es eben war:

Also, es war Montag, der 26. Januar 2015. Ich war gut gelaunt, hatte eine nicht besonders schwierige Verhandlungswoche vor mir und konnte nach einem schönen Wochenende noch nicht erledigte Arbeiten in legerer Kleidung in meinem Home Office erledigen. Am frühen Nachmittag war ich dann bereits rund 100 Kilometer weiter in einem der von mir zu betreuenden Büros. Das ging an diesem Montag alles sehr flott.

Ich hatte geschäftliche Vorgänge zu bearbeiten und mich mit der Prokuristin und Geschäftsstellenleiterin zu unterhalten, eben die ganz normalen Probleme des Tagesgeschäftes zu besprechen und ein, zwei außergewöhnliche Fälle zu erörtern. In diesem Büro führe ich auch meine *Vorlagen*: Das sind geschäftliche Sachverhalte, zu denen es mehr oder weniger schriftliche Unterlagen gibt und die nicht sofort erledigt werden. Oft ist der Sachverhalt nicht ganz klar, es muss Rücksprache bei Kunden und Auftragnehmern gehalten werden. In vielen Fällen brauche ich auch noch die Meinung eines Rechtsanwalts, Steuerberaters oder die Auskunft unseres Berufsverbandes. Dort bin ich ehrenamtlich tätig. Seit Jahren bin ich als Bundesvorstand zur Unterstützung unserer Landesbeauftragten in zwei, drei Bundesländern zuständig. Diese Kollegen bemühen sich um den Zusammenhalt der Verbandsmitglieder in den unterschiedlichen Regionen Deutschlands und werden von mir und weiteren vier Bundesvorständen nach Kräften unterstützt. Alles ehrenamtlich und zusätzlich zum eigentlichen Hauptberuf, versteht sich. Diese Unterlagen werden also von mir, soweit noch ein Zeitablauf absehbar ist, in der Regel entweder auf einige Monate oder aber zehn Kalendertage in die Zukunft verlegt. Dafür gibt es einen Monatsordner und ein 31 Tage fortlaufendes Regalsystem. Einen Tag vor der nächsten Fälligkeit hole ich mir die Unterlagen, den aktuellen Status und entscheide, ob Aktivitäten entwickelt oder eine weitere Vorlage nach zehn Tagen erfolgen muss. Die Fälligkeiten der nächsten Tage werden diesmal kontrolliert, ich werde den Rest der Woche mindestens bis einschließlich Freitag auf Geschäftsreise sein.

Nach 15.00 Uhr fahre ich also mit meinem Firmenwagen, einer sehr gut ausgestatteten Reiselimousine, los, Richtung Berlin. Ich bin rund 90.000 Kilometer pro Jahr geschäftlich und privat unterwegs. Das verbindet einen mit seinem Wagen. Man versteht, wie er sich so fühlt, ob er gut oder schlecht zieht, ein Zehntel mehr oder weniger Diesel schluckt und weiß, wo man tanken muss, rasten, pinkeln gehen, Kaffee, Bier Kuchen, heiße Wurst … Alt Vertrautes jede Woche neu, *Du und Dein Wagen*, ein vertrautes, sicheres Team eben, das sich versteht. Es ist eine für mich bekannte Strecke, gut 500 Kilometer, die sich an so einem Tag gut durchfahren lässt.

So gegen 18.00 Uhr halte ich kurz an einem Süßigkeiten-Outlet in der Nähe von Jena. Dort kaufe ich viele Kilo *Drachenfutter* für meine Mitarbeiter in den einzelnen Geschäftsstellen, zur späteren Verteilung. Man muss sich ja Freunde machen. Außerdem helfen diese Gaben den Kollegen, wenn mal wieder ein Gesprächstermin ansteht, der Kaffee und das Wasser gerade noch reichen, aber keiner daran gedacht hat, noch was zum Knabbern einzukaufen. Wie wichtig für den positiven Verlauf einer jeden Besprechung solche Hirnnahrung ist, weiß jeder, der schon einmal dabei war.

Da ich mich auskenne, bin ich eine Viertelstunde später wieder weg. Rauf auf die Autobahn, am nächsten Kreuz einmal links und dann nach Berlin rein.

Alles läuft besser als gedacht und ich bin kurz vor 21.00 Uhr – nach Parken, Einchecken und Koffer abstellen – gut gelaunt in der Hotellobby. Jetzt überlege ich mir, ob ich im Hotel esse oder außerhalb etwas suche. Ich entscheide mich schließlich für die zweite Variante. Also raus ein paar Schritte laufen. Ich habe die Wahl zwischen Indisch, Koreanisch, Kebab, Israelisch und noch zweimal Indisch gemischt und Spanisch. Da bin ich aber froh, denn ein Currytyp bin ich nun mal nicht.

Eine kleine feine Tappas-Bude erwartet mich. Der Hauswein ist akzeptabel. Ich bestelle sechsmal Tapas, was allerdings einfach zu viel ist. Die Augen waren größer als der Magen. Aber gut geht es mir. Saugut, trotz insgesamt rund 600 gefahrener Kilometer an diesem Tag. Ich habe so gut wie keine Rückenschmerzen, weder beim Laufen noch beim Essen, kann gut sitzen, bin froh und gut gelaunt, weil unter anderem echt schmerzfrei.

Das hatte ich vor allem in den letzten Wochen seit Weihnachten nicht oft. Ausgerechnet einen Tag nach Heilig Abend hatte es mich nämlich erwischt. Es gab auch kein *Ereignis*, sondern nur einen ganz normalen Tagesablauf mit Weihnachtsbaumschmücken und Zusammentragen der Geschenke für meine Lieben aus den verschiedenen Verstecken. So verlief der 24. Dezember 2014.

Einen Tag später, am 25. Dezember, sollte dann ein gemeinsames Abendessen mit meiner Frau Ulrike, meiner Tochter Rajka und meinem Sohn Peter sowie dessen Demnächst-Ehefrau Nina stattfinden. Früher ging nicht, da Nina Heilig Abend bei ihrer Mutter verbrachte, die zumindest mir völlig unbekannt war. Es gab Spaghetti aus den Eiern von Straußen, die in der Nähe auf einer Farm gehalten wurden. Dazu eine selbst gemachte Pesto und Trüffelscheiben – also einfach und doch sehr exklusiv. Dazu Champagner, einen schönen Riesling aus Rheinhessen und zum Nachtisch einen selbst gebrannten Apfel-Schnaps aus dem Jahr 2013. Da gab es gute Äpfel mit einer sehr hohen und geschmacklich intensiven Ausbeute.

Beim Abräumen der Tafel bewege ich mich sehr vorsichtig, da ich nur unter Schmerzen sitzen, gehen order irgendetwas anderes tun kann. Ins Bett will ich aber auch nicht und rumliegen und zusehen ist auch nicht meine Sache. Also Kühlschrank auf und Reste rein. Warum auch immer, öffne ich die Gefrierklappe, ein Pfund hart gefrorenes Fleisch, für die Lauch-Käse-Suppe am nächsten Tag gedacht, fällt heraus, schräg auf die zweite Glasablagefläche im Kühlschrank, diese kippt auf die dritte und danach trifft der Klumpen meinen vierten Zeh des linken Fußes. Zu dem atemraubenden Schmerz – der Zeh war natürlich gebrochen, wie sich später herausstellte – ergoss sich der Inhalt des Kühlschrankes, als die beiden Glasplatten nachgaben, auf meine Füße und den Boden.

Meine beiden Kinder – jung, sportlich geschickt und besorgt – springen mir sofort zur Seite. Ich versuche, mich aus der Umklammerung der Umstände zu befreien, mache eine halbe Drehung nach links, fliehe einen Schritt, rutsche in dem ganzen Schlamassel aus, stürze aber nicht, sondern fange mich sozusagen in der Luft, spüre einen höllischen Schmerz in meinem Rücken und stehe – schwer atmend aber lebend, festgekrallt an der Küchenarbeitsplatte. Nach wenigen Minuten gebe ich mich als persönliches Opfer insoweit geschlagen, als ich mich auf die Wohnzimmercouch legen lasse, um im Gegenzug andere alle weiteren Diskussionen zu beenden.

Also bin ich an diesem Abend in Berlin wohlgelaunt. Zurück im Hotel nehme ich noch einen Absacker an der Bar, denn Traditionen sollten gepflegt werden, sonst geraten sie in Vergessenheit. Ein schönes Zimmer mit Blick auf die Spree erwartet mich. Ich bin gern in diesem Hotel.

Morgens wache ich so gegen sieben Uhr auf, frisch und munter, nur etwas kreuzlahm. Nun ja, nichts Außergewöhnliches, denke ich, das wird im Laufe des Tages vergehen. Das Bett ist sehr weich, stelle ich nach einer Druckprüfung mit der Hand fest. Na ja, es ist, wie es ist. Ich ziehe mich förmlich an, mit Anzug und Krawatte, und mache mich nach dem Frühstück auf den Weg zum ersten Termin an diesem Tag.

In meiner Eigenschaft als Kundenbeirat eines Unternehmens, das vor wenigen Tagen den Börsenstart erfolgreich abgewickelt hat, nehme ich ab zehn Uhr an einer Sitzung teil. Diese Sitzungen sind etwa dreimal im Jahr. Es bleibt an diesem Tag weniger Zeit als sonst, da alle noch andere Verpflichtungen haben. Einige der Teilnehmer treffe ich dann am Abend wieder. Es geht ohnehin ausschließlich um die nachträgliche, dafür ausführliche Informationen über den wirtschaftlichen Hintergrund des Börsengangs. Vor dem Wechsel der Geschäftsleitung wäre das sicher umgekehrt gewesen! Also zuerst Information und dann Einbindung der Mitglieder des Kundenbeirates und dann Börsengang, zumal das ja alles kein Geheimmaterial ist, sondern Informationen sind, die, wie man uns sagte, alle bekommen hätten. Dazu gäbe es viel zu sagen, es geht ja aber im Wesentlichen um meinen Rücken und der tut immer noch weh.

Um 13.30 Uhr ist dann Business-Lunch in einem alten Fahrzeugmuseum. Ein sehr schönes Ambiente, ein Glas Wein, etwas Warmes und schon muss ich weg. Da schon einige Telefonanrufe auf meinem Handy aufgelaufen sind und ich dringend in die Berliner

Hauptgeschäftsstelle unserer Firmengruppe muss, gibt es eine schnelle Verabschiedung, so kurz und knapp, wie der Lunch es auch war. Ab ins Auto und eine halbe Stunde später ins Parkhaus, wo wir über reservierte Plätze verfügen.

Die als dringend eingestufte Besprechung mit zwei meiner wichtigsten Führungskräfte zieht sich bis nach 18.00 Uhr. Es geht um dringende Entscheidungen, die getroffen werden müssen. Also kein Spaß, sondern echter Stress. Ich kann am Ende nicht mehr sitzen, verbringe die Restzeit im Stehen und dann verabschiede ich mich, dankbar dafür, dass wir fast alles entschieden haben und meine beiden Damen zufrieden scheinen – für heute. Die helfen mir dann beim Verladen der schriftlichen Unterlagen in mein Auto, da es für einen Gang zu viel ist und ich weitere Belastungen für diesen Tag vermeiden will. Dabei kann ich dann gleich zwei große Pakete der gekauften Süßigkeiten loswerden. Die Mitarbeiterinnen werden diese an die beiden Geschäftsstellen in Berlin verteilen.

Danach wieder ins Auto und eine halbe Stunde später bin ich zurück im Hotel. Die Tiefgarage des Hotels ist sehr speziell. Überall ist es extrem eng und es gibt nur wenige Zentimeter Spielraum. Nach der Einfahrt knapp zehn Meter links geht es in einen Lastenaufzug. Mein Wagen hat etwa 4,30 Meter Länge, passt gerade so, wie in einen Schuh, dann geht es zwei Etagen abwärts ins Parkdeck. Jetzt muss ich mir wieder einen Parkplatz suchen, da der reservierte besetzt ist. Die Wirklichkeit hat die Planung mal wieder überholt. Die Garage tief im Keller besteht übrigens noch aus sogenannten *Hebeanlagen*, also Doppelparkern, die übereinandergestapelt werden. Ich finde das ziemlich lästig, allerdings sind die Hebeanlagen wohl nicht in Betrieb.

Ich kurve also herum, um einen Platz zu finden. Das ist mir dann bald zu blöd. Rückenschmerzen und Zeitnot – um 19.30 Uhr habe ich den nächsten Termin … Ich bin unleidlich. Also stelle ich meinen Wagen einfach auf den nächsten Platz neben dem Zugang zum Hotel-Fahrstuhl. Ich fahre mit dem Aufzug bis zu meinem Zimmer im fünften Stock, wobei ich in der Garage und in meinem Stockwerk noch ein paar Treppen gehen muss. Das Hotel ist eine unbebaute ehemalige Fabrik mit für meine Begriffe sehr angenehmem Flair, aber mit ein paar Hürden und Verwinkelungen.

Im Zimmer angekommen nehme ich eine Schmerztablette. Ich muss betonen, dass ich das selten mache. Die letzte Tablette nahm ich vielleicht vor zwei oder drei Jahren. Ich habe aber einfach keinen Bock, mich mit Schmerzen in den Abend hineinzuquälen. So hoffe ich auf eine baldige Wirkung.

Ich ziehe den Mantel an und gehe zur Rezeption. Dort orderte ich eine Taxe. Eine Abendveranstaltung und anschließendes Autofahren tue ich mir, mal abgesehen von dieser beschwerlichen Tiefgarage, nicht an.

Ein paar Minuten später kommt der Fahrer. Ich bin immer noch unleidlich, nenne ihm das Ziel und er fährt los. Leider stellt sich, nachdem er mich abgesetzt hat, heraus, dass er keine Ahnung hatte, wohin er fahren sollte. Eine halbe Stunde brauche ich, bis ich mithilfe der Navigation meines Smartphones meinen Zielort gefunden habe. Er regnet leicht aber stetig, der Wind pfeift, ich habe weder Hut noch Schirm aber immer noch Rückenschmerzen. Das Laufen tut weh, nicht übermäßig aber dauerhaft. Bedenklich fand ich vorhin schon, dass ich mich über den Haltegriff des Daches und Innenraum des Wagens auf den Beifahrersitz des Mercedes wuchten musste – und das tat weh! Ich konnte auch nicht richtig sitzen, sondern musste mich mit den Armen oben festhalten, um die Sitzposition zu entlasten.

Endlich komme ich zerzaust und verfroren an, gebe meinen an Mantel an der Garderobe ab und nehme mein Namensschild entgegen. Ich mische mich möglichst unauffällig unter die Anwesenden.

Pech gehabt: Die offiziellen Ansprachen sind vorbei. Glück gehabt: Es gibt kaltes und warmes Buffet und obwohl eine Stunde zu spät, bin ich für diesen Programmpunkt genau richtig. Dieser Event findet einmal im Jahr jeweils in der ersten Sitzungswoche des Bundestages im Januar statt. Veranstalter ist die Spitzenorganisation aller Immobilienverbände in Deutschland. Es geht um *sehen und gesehen werden,* aber auch schon mit dem Anspruch, das neue Jahr einzuläuten sowie Forderungen und Empfehlungen an die Regierungsvertreter vorzutragen. Diese sind, wie heute auch, in der Regel zahlreich vertreten, zumal der jeweils zuständige Minister für unsere Branche meist persönlich anwesend ist. Da will keiner fehlen. Ich auch nicht, so treffe ich denn ab 20.30 Uhr Präsidenten und Vizepräsidenten, Geschäftsführer, Politiker, Vorstände von Wirtschaftsunternehmen aus dem Umfeld unserer Branche, viele alte Bekannte und Geschäftsfreunde..

Das Essen ist ist wirklich gut und ich verplaudere mich von einem Bekannten zum anderen, immer ein Glas Weißwein in der Hand. Gleichzeitig halte ich mich an Stehtischen etwas fest, wegen meines Rückens.

Gegen 24 Uhr wird es mit meinen Schmerzen dann endlich erträglich. Die Tabletten und der Alkohol entfalten ihre Wirkung. Da aber mittlerweile der Großteil der Gäste gegangen ist, trinke ich noch ein, zwei Glas und mache mich dann auf den Heimweg. Der Präsident unseres Verbandes und die neue Geschäftsführerin sind schon lange weg. Still und heimlich einfach so – auch nicht das erste Mal.

Draußen regnet es schlimmer, aber ein Taxi ist sofort da. Ich steige ein, bin froh, denn es geht wieder besser, schmerzfreier, und nenne mein Hotel. Diesmal geht alles gut und um 0.30 Uhr bin ich im Zimmer, allerdings ohne Absacker an der Bar. Mir reicht es für heute. Ausziehen, noch ein paar Minuten setzen auf die Spree schauen. Die zweite Schmerzpille, für alle Fälle, und dann ins Bett.

Ich schlafe wie ein Baby, habe den Wecker auf halb sieben gestellt. Der macht dann auch seinem Job und ich werde wach. Ich will aufstehen, zur Toilette. Das gelingt mir fast nicht. Alles tut schrecklich weh. Der Toilettengang ist sozusagen für die Katz, weil fast nichts kommt, dafür aber wirklich brennt und wehtut. Ich schwanke dann sofort wieder ins Bett. Eigentlich habe ich Zeit, weil ich erst um 8.30 Uhr den ersten Telefontermin habe. Ich hoffe, es wird bis dahin besser.

Wird es aber in keinster Weise. Mein Gesprächspartner rät mir dann, mich flach auf die Erde zu legen. Ehrlich, ich versuche das. Zwischen Stuhl und Boden hänge ich dann fest. Kein Vorwärts und kein Zurück, dazu wahnsinnige Schmerzen. Ich gebe auf.

Jetzt schleppe ich mich ins Bad. Rasieren und Zähneputzen sind gerade noch drin. Zu mehr reicht es beim besten Willen nicht. Wie ich die nächsten beiden Stunden überstehe und warum ich tue, was ich tue, kann ich rückwirkend betrachtet nicht mehr sagen.

Ich muss mich in meinen Anzug mit Hemd und Schlips und allem quetschen, meine Koffer packen und diesen dann über Zwischentreppen und Aufzüge in den Keller wuchten, rein in den Kofferraum meines Wagens. Währenddessen muss ich zweimal anhalten, da ich vor Schmerzen nicht mehr gehen kann. Freundliche Japaner wollen mir helfen, aber ich lehne ab. Das Ganze dann zweimal, weil Kleidersack und Aktenkoffer auch noch im Zimmer waren. Die Japaner sind weg. Ich checke an der Rezeption aus, quäle mich in mein Auto, um zum ersten Termin an diesem Tag zu starten.

Hätte ich mein Gepäck vom Hotel runterbringen lassen, womöglich noch einen Fahrer gebucht, wäre mir einiges erspart geblieben, aber hinterher ist man ja immer schlauer. Noch besser wäre ein Anruf in der Charité um die Ecke gewesen, Krankentransport und ärztliche Versorgung, möglicherweise sofortige Operation … und alles wäre viel einfacher geworden. Nur mal am Rande: Bandscheibenoperationen sind ja eigentlich völlig out. Das tut man doch nicht mehr und wenn, dann nur nach monatelanger Beratung in einer dafür bekannten sehr kompetenten und schweineteuren Klinik. Was machen die eigentlich anders als die anderen? Rücken aufschneiden, Bandscheibe richten, zunähen, Reha. So ist das, wie ich heute weiß. Nur eine ruhige Hand braucht der Operateur. Ist das so? Muss diese Hand ruhiger sein als bei der Implantation eines Beipasses am offenen Herzen? Das, was sich bei mir da so anbahnte, sollte im Ergebnis ähnliche Auswirkungen wie ein Schlaganfall haben. Dazu jedoch später.

Ich brauche also eine gute Dreiviertelstunde, bis ich schmerzgeplagt in der Tiefgarage des *Adlon* unterkomme und dann gleich in das Gebäude daneben, zu dem schon erwähnten frisch börsennotierten Unternehmen gehe. Na ja, *gehen* kann man das glaube ich nicht nennen. Immerhin gelange ich über den Zugang des Foyers, stecke mir ein Schildchen mit Namen an und gehe eine Treppe, die ich ohne Handlauf nicht mehr geschafft hätte, hinunter ins Untergeschoss, sofort stürze ich mich ins Getümmel, lasse mich sehen, schüttle Hände, höre Reden, trinke Sekt, esse Häppchen, da das Frühstück ja ausgefallen ist, und beiße ordentlich die Zähne zusammen. An der Seite der Geschäftsführerin unseres Berufsverbandes, die ebenfalls geladen ist, halte ich mich dann an meinen Stehtisch aufrecht. Ich schildere ihr mein Problem und wir sind beide der Überzeugung, dass das schon wieder werden wird. Ich habe ja Rückenerfahrung, sozusagen seit Jahrzehnten, und klein bei geben, noch dazu vor der Kollegin, will ich auch nicht.

Gegen 12.30 Uhr merke ich dann eine Veränderung: Ganz langsam schläft meine linke Gesäßhälfte ein und ich habe kein Gefühl in den drei kleinen Zehen des linken Fußes. Das Wadenbein, das Bein sowie der Hintern rechts hingegen fühlen sich prima an. Nach einer Viertelstunde geht das taube Gefühl in den kleinen Zehen wieder weg. Ich wusste doch, dass das wieder besser wird. Das kenne ich ja auch morgens vom Rasieren: Um den Elektrorasierer zwischen fünf und zehn Minuten aufrecht stehend ins Gesicht zu halten, muss schon mal ein Handwechsel vorgenommen werden, sonst schlafen die Finger ein.

Gegen 13.00 Uhr brechen wir dann zusammen auf, nach einer Verabschiedungsrunde mit Händeschütteln und ein paar netten Worten. Wir müssen wieder die Treppe hinauf, was mir Schmerzen bereitet und schwerfällt. Noch ahne ich nicht, dass diese Art und Weise mich die nächsten Monate begleiten wird.

Oben angekommen, geht es Schmerzen erleidend und schwitzend ins *Adlon*; Parkticket bezahlen und dann runter in die Tiefgarage, diesmal im Gegensatz zu heute Morgen schnell und zügig. Nur das Einsteigen in mein Auto ist wieder eine Zirkusnummer und ich bin froh, als ich aus der Parklücke raus bin.

Eine nächste und auch letzte geplante Aufgabe für diesen Tag ist ein Termin bei meiner Geschäftsstellenleiterin in Dresden, die dort die Niederlassung und zwei Zweigstellen betreut. Das braucht dann so zwei Stunden Fahrzeit, mit der Erkenntnis, dass auch das Fahren kein Zuckerschlecken ist. Außerdem weiß ich ja, dass ich an diesem Tag noch den gesamten Weg von Dresden bis zu mir nach Hause, gut 650 Kilometer, fahren muss. Kurz vor meiner Ankunft rufe ich bei meiner Geschäftsstellenleiterin an und frage, ob die mir ein Schmerzmittel besorgen kann. Ihr Mann hat ohnehin in den letzten Wochen wegen einer durchaus ernst zu nehmenden Erkrankung mehrfach das Krankenhaus aufsuchen müssen. Ich setze also entsprechende Routine voraus und bitte um Hilfe. Sie will sich bemühen und ich bin nach nur zehn Minuten da.

Ich kann fast vor der Tür zum Hauseingang parken. Allerdings geht es erst mal zwei Außentreppen bis zur Eingangstür nach oben, von dort über einen kleinen Stichflur zur eigentlichen Treppenanlage drei Stockwerke nach oben. Das Bürogebäude ist ein alter Plattenbau, auf einen Aufzug wurde verzichtet. Ansonsten ist das Gebäude gut in Schuss, hat eben ein besonderes Flair, aber das hilft mir jetzt auch nicht weiter.

Oben angekommen begebe ich mich zuerst zur neu eingestellten Finanzbuchhalterin, erkundige mich nach ihrem Befinden und wie sie denn mit dem Arbeitspensum im Allgemeinen, den vorhandenen Rückständen der Vorgänger und vor allem aber mit den buchhalterischen Fehlleistungen ihres Vorgängers zurechtkommt. Wie vermutet und fernmündlich durch die Geschäftsstellenleiterin berichtet, ist alles viel schlimmer, als gedacht, aber die neue Kollegin ist willens, fleißig und klug genug, um all dem Stück für Stück Herr zu werden.

Jetzt hole ich mir auf dem Weg in das Büro der Geschäftsstellenleiterin noch schnell einen Becher Wasser, denn davon hatte ich ja auch nicht genug, bisher.

Als mich meine Geschäftsführerin sieht, erinnert sie sich an die eigenen erlittenen Schmerzen bei ihrem Bandscheibenvorfall. Sie reagiert sehr fürsorglich und lieb, hat mir aber außer den Schmerztabletten, die bei mir bisher keine Wirkung zeigen, leider nichts anderes anzubieten, jedoch dafür eine Idee: Ein ihr bekannter Heilpraktiker vollbringet quasi Wunder und sie ruft bei dem Mediziner gleich mal wegen eines Sondertermins für mich an. Wir haben zwar noch etwas Geschäftliches zu besprechen, aber wenn ich nicht in 20 Minuten da bin, geht es heute nicht mehr. So verschieben wir unsere Geschäfte auf später und fahren los.

Sie will fahren. Ich sitze als Beifahrer in einem ganz normalen *Skoda-Octavia*-Kombi. Wir fahren etwa fünf Kilometer und ich weiß nicht wo und wie ich sitzen soll. Jedes Kopfsteinpflaster, die Schienen der Straßenbahn, das *stundenlange* Warten an Ampeln, das Bremsen vor Straßenbahnen, Fußgängern und anderen Verkehrsteilnehmern wird zur Qual. Ich könnte den Erstbesten, der mir über den

Weg kommt, erschlagen. Mache ich aber nicht, sondern komme irgendwie über ein paar Treppen hinauf an den Eingang; schon bin ich an der Anmeldung des Heilpraktikers in einer schönen alten Jugendstilvilla angekommen. Es ist ein Ärztehaus; noch andere freundliche Helfer versorgen so arme Kerle wie mich.

Ich schlage trotz Platzangebot ein Hinsetzen aus, stehen bleiben ist besser — sitzen tut weh.

Nach wenigen Minuten bin ich dann dran und ein Herr mit weißem Haar, hager und sehr kompetent wirkend, stellt sich als Chef des Ganzen vor. Schon geht's los: den Rücken freimachen, am besten gleich ganz ausziehen, damit die gesamte Motorik besser zu beurteilen ist. Das mache ich so schnell es geht halb im Stehen, halb im Sitzen – ein Anlehnmodus, den ich mir gerade als Kombinationsalternative zu den herkömmlichen eindeutigen Bewegungsformen erarbeite. Der Schmerz hat nämlich eine längere Reaktionszeit, als mein Ausweichen in eine ständig neue Körperhaltung. Hierdurch kann er sich nicht richtig entfalten und ich komme einigermaßen klar.

Dann bin ich nackig bis auf das Höschen. Die Arzthelferin versucht, mich irgendwie in die Waagerechte zu bekommen. Nach Rücksprache mit dem Arzt kommen Keile, Kissen, Decken und eine merkwürdige Luftmatratze zum Einsatz. In diesen kurzen schmerzvollen Sekunden der jeweiligen Neulagerung werde ich untersucht. Der Arzt diagnostiziert bei mir einen Bandscheibenvorfall im Lendenbereich. Er kann leider gar nichts tun, versucht jedoch alles ihm Mögliche – eben nichts. Während er verspricht, mir im Lendenbereich eine Injektion zu geben, löst seine Helferin eine Ibuprofen in einem Glas Wasser auf. Ich erhalte die Spritze mit irgendwas drin, was kein Schmerzmittel sein kann, mir wird nicht erklärt, was es ist. Aber wer solche Schmerzen hat, nimmt alles, was er kriegen kann. So schnell als möglich, meint der Arzt, soll ich ins Krankenhaus, damit sich dort die Rückenregion entspannen kann und weitere Maßnahmen zur Behandlung des Vorfalls überhaupt ergriffen werden können. Gut, das habe ich verstanden. Ich bin immer noch 650 Kilometern von meiner Heimat entfernt. Die Notwendigkeit, diese Strecke zurückzulegen, schildere ich dem Heilpraktiker als Erweiterung zu seinen Vorstellungen. Das sieht der sehr bedenklich und als wahrscheinlich nicht durchführbar an, wünscht mir aber Glück und lässt mich gegen Barzahlung eines wirklich sehr anständigen Honorars von unter 50 Euro meines Weges gehen. Es geht wieder die kleinen Treppen hinunter in den Skoda meiner Geschäftsstellenleiterin. Da sich nichts Wesentliches verändert hat, sind auch meine Schmerzen dieselben und die Höllenfahrt in unser Büro vollzieht sich in gleicher Art und Weise wie vor einer Stunde.

Meine Mitarbeiterin voran, schleppe ich mich wieder in den dritten Stock. Im Büro angekommen nehme ich nochmals Schmerzmittel und erledige die Dinge, die dringend zu besprechen sind, mit meiner Geschäftsstellenleiterin. Diese bietet mir freundlicherweise verschiedene Sitzmöbel bis hin zum rückenschonenden Ball an. Ich versuche das auch alles, jedoch nur mit dem Ergebnis, dass die Schmerzen kurz innehalten und dann wieder mit voller Kraft zuschlagen. Also geht das Ganze nur im Stehen. Nach einer knappen Stunde sind wir durch. Ich verabschiede mich und danke für alle Versuche, mir zu helfen. Ich eile, so schnell mein Rücken und der Treppenabstieg es ermöglichen, zu meinem Wagen. Es ist 17.30 Uhr und der Jahreszeit entsprechend schon sehr dunkel. Hunger und Durst habe ich, Diesel brauche ich auch. Zur Toilette muss ich nicht, da ich diese kurz nach der Rückkehr vom Heilpraktiker aufgesucht habe.

Es geht also los. Ich fahre über das Werksgelände zum Autobahnzubringer und zur Autobahn. Mein Navi zeigt mir etwa 20 Kilometer weiter eine Tankstelle gleich neben der Autobahn an. Die Marke sagt mir, dass es dort etwas zu essen gibt, und zwar ein Standardangebot, das ich kenne, also keine Überraschungen. Wieder runter von der Autobahn, ran an die Zapfsäule, raus aus dem Auto und ich denke, es geht gar nichts. Jetzt bin ich fast am Aufgeben. Gott sei Dank merkt das keiner, weil viel los ist. So habe ich Zeit mich zu sammeln. Ich schaffe es aus dem Wagen, stecke den Rüssel rein, der Diesel läuft, ich warte den Tankvorgang ab und gehe zur Kasse. Ich sammle meine Paybackpunkte und bestelle noch eine *Cola light* und eine Bockwurst. Die Bockwürste sind übrigens an Tankstellen im Osten tendenziell kleiner als im Westen, dafür aber auch billiger. Nach einem sehr schnellen Verzehr, da die anderen Autofahrer ungeduldig die Zapfsäule beobachten, ich aber diese noch nicht geräumt habe, mache ich mich auf zum Wagen. *Also eine Wurst,* denke ich, *ist besser als jedes Schmerzmittel.* Mir geht es echt besser, ich fühle mich einigermaßen und starte in die Nacht, um endlich nach Hause zu kommen.

Die Autobahn ist sehr schön frei. Ich fahre noch vorausschauender als sonst, um so wenig wie möglich meine Füße einzusetzen. Mit dem Tempomat geht das auch sehr gut, das Gas geben und wegnehmen, alles sehr geschmeidig. Ohne also noch einmal anzuhalten, fahre ich die restlichen 600 Kilometer durch. Klar muss ich telefonieren. Dabei kann ich auch schon, soweit möglich, meinen Arztbesuch am nächsten Morgen vorbereiten.

Eine Viertelstunde vor Mitternacht komme ich an. Das Auto fahre ich noch die Einfahrt runter, schließe das automatische Tor und steige aus. Aua! So schlimm habe mir das nicht vorgestellt, bis eben war noch alles gut. Ich entscheide mich dafür, erst mal nur mich selbst ins Haus zu bringen und das Auto dann am nächsten Tag auszuräumen. Drei Stufen mit Handlauf, rechts eine Tür aufschließen. Erst mal ausziehen, vielleicht ist ja der enge Anzug schuld. Durst und Hunger habe ich auch. Weinschorle fällt aus, da der Wein im

Keller ist. Also einen Begrüßungsschnaps vom Selbstgebrannten, wenigstens das tue ich mir an. Dann noch zwei Scheiben Brot und ab auf die Couch.

Das ist leider nicht erträglich. Ich gehe also in den zweiten Stock, Treppe mit Handlauf rechts, nehme vorsichtshalber noch zwei Schmerztabletten und freue mich auf mein Wasserbett.

Es dauert 20 Minuten, dann sind die Schmerzen nicht mehr zu ertragen. Also raus aus dem Bett wieder runter. 20 Minuten Couch, 20 Minuten Stuhl. Die Lösung der Nacht, mein alter Federstuhl – dort sind die Schmerzen halbwegs auszuhalten. Also packe ich mich im Bademantel und Decke und schlummerte dort mehr oder weniger wach bis zum Morgen. Dann hat ja, wie schon erwähnt, der Hausarzt seinen Einsatz.

Ich habe dem Arzt diese Geschichte natürlich in gekürzter Form erzählt. Er nickt und erklärt mir, dass wir (wieso ich?) das schon wieder hinkriegen. Dann gibt er mir einen Ausblick auf den weiteren Ablauf und die Vorgehensweise: Zuerst würde ich jetzt mal ein Krankenhauszimmer beziehen und von dort direkt zum MRT gebracht werden. Je nachdem, wie die Bildaufnahmen ausfallen, würde dann mit mir besprochen werden, wie es weitergeht. Diese Nachricht verkünde ich dann meiner Frau, die mich auf das Zimmer begleitet.

Im zweiten Stock melde ich mich bei der Stationsleitung. Mit meinem Rolly komme ich ganz gut klar. Mir wird Zimmernummer 2003 zugeteilt. Eine Schwester begleitet mich und verkündet meinen Einzug einem weiteren Mann, der schon im Zimmer liegt. Also ein Zweibettzimmer. Hat mich auch keiner gefragt, in welcher Zimmergröße ich denn leben möchte. In den folgenden Wochen lerne ich dann, dass Menschen aus diesem Milieu – völlig egal welchen Alters oder Geschlechts – immer nur Fragen stellen, deren

Antworten sich entweder automatisch ergeben oder deren Antworten für den Empfänger ausschließlich positiv sein können.

Ich ziehe also ein, habe einen Schrank, ein Waschbecken, was ich relativ einfach finden kann, denn ich kann ja lesen. Dort ist jeweils ein Schild aufgebracht: *Fenster* oder *Wand*. Ich habe *Wand*. der Mann, der schon da war, liegt am Fenster. Er war eher da und man hat ihn vermutlich wählen lassen. Strümpfe, Unterhosen, T-Shirts, Bademantel und meine Jacke kommen in den Schrank. Meine Joggingjacke auch, Toilettensachen an ihren Platz am Waschbecken. Dusche und WC sind getrennt voneinander im Badezimmerbereich. Diese müssen wir gemeinsam nutzen. Das WC hat eine Tür und vor dem Ganzen ist ein sogenannter *Schamvorhang*.

Ich werde gleich zum Bildermachen geholt. Eine Hilfsschwester bringt mich mit meinem Rolly in den Keller zum MRT. Dort sind am Empfang zwei weitere Schwestern, die mich freundlich begrüßen. Wir klären kurz die Lage und dank des Laufzettels wissen die auch ungefähr, um was es geht. Noch mal 20 Minuten dauert es, bis der Patient, der gerade in der Röhre ist, abgebildet wurde, dann soll ich dran kommen.

Vorsorglich weise ich auf meine Schmerzen hin und dass ich aus einer ähnlichen Situation vor sieben Jahren weiß, dass das absolute Ruhigliegen in meiner Verfassung problematisch werden könnte. Damals war ich auch bei meinem Hausarzt, wegen des Gefühls des Einschlafens im Arm und Schmerzen im Rücken, aber höher, so im Bereich des Schulterblattansatzes. Da das nicht so akut und dramatisch war, hatte ich eine Überweisung zum Röntgeninstitut bekommen. Dort wurde ich dann zwei Wochen später vorstellig und sollte in die Röhre. Es war mein erstes Mal und mir wurde damals nur gesagt, ich solle mich ruhig auf den Rücken legen. Ob ich Platzangst hätte, es würde klopfen und schlagen, das Ganze würde 15

Minuten dauern und ich bräuchte keine Angst zu haben. Die hatte ich damals nicht, denn ich hatte ja vollstes Vertrauen in die Kompetenz dieser Fachkräfte. Ich wurde also umgelegt, eingeschoben und das Abbilden meines Rückens begann. Der Liegeschmerz war am Anfang leicht zu spüren aber erträglich. Es ist unglaublich, wie sich solch ein Schmerz, wenn man gefangen ist und sich nicht wehren kann, aufführt; wie er stärker und fordernder wird, um einen zu zwingen, sich zu bewegen. Ich sollte aber ruhig liegen bleiben, wurde mir dann auch noch von außen zugerufen, sonst hätte das Ganze keinen Sinn. Ich habe mich dann auf den Fersen und Händen soweit es ging abgestützt, um dem Schmerz entgegenzuwirken. Nach langer, langer Zeit war die Tortur dann endlich vorbei und ich wurde wieder rausgeholt. Die Aufnahmen waren direkt fertig und wurden mir von der Ärztin erläutert. Sehr schade wäre schon mal, dass ich so unruhig hin und her gewackelt hätte, denn aus diesem Grund wäre das Bildmaterial jetzt entsprechen schlecht. Damals war ich jung und dumm und hatte überhaupt keine Ahnung, dass man ja auch ein Schmerzmittel hätte geben können. Also nahm ich den Rüffel hin, was hätte ich sonst machen können. Verwackelt war verwackelt. *BWS Nummer fünf* lautete ihre Diagnose, mit einer Bandscheibenvorwölbung, wobei sich rauf und runter an der Wirbelsäule noch weitere schadhafte Stellen ankündigten, zu denen sie aber wegen des schlechten Bildmaterials wenig sagen konnte. Die Bilder bekam ich mit zu meinem Hausarzt zurück und der riet mir dringend Sport, insbesondere Gerätetraining zu machen, um die Muskulatur im Rückenbereich zu stärken, was wiederum zu einer Entlastung der Wirbel, Wirbelkörper und Bandscheiben führen würde. Das hatte ich mir damals zu Herzen genommen, zumal ich ja schon seit meinem Berufsstart Rückenprobleme hatte.

Da fällt mir ein, dass man mich schon als Kind, welches ich ja auch mal war, mit Mama und Opa, die ähnliche Probleme hatten, zum

Chiropraktiker geschleppt hat. Der war nämlich in den Siebziger-
jahren noch vor Unterwassermassage super in, sozusagen ein echter
Geheimtipp. Die haben das damals, soweit ich weiß, gegen Barzahlung gemacht, wie heute im südlichen Europa. Es ging um Einrenken des Kopfes und des Rückens, hat schrecklich gekracht und
wehgetan auch noch. Das war auch die Zeit der sexuellen Befreiung
und ersten Pornos, und so muss man sich dann auch diese Praxen
mit der Einrichtung von damals, dem Kind, dem Respekt vor dem
Arzt mit dem weißen Kittel, der Liege und dem Einrenken gegen 20
Mark – erst ich, dann Mama, dann Opa – vorstellen.

Der andere Patient wird also rausgebracht und ich komme in den
Raum rein. Ich will mich mit der Hilfe einer der beiden Spezialbil-
derschwestern hinlegen. Können Sie gehen? *Na ja, der Rolli ist nur
zum Spaß da*, denke ich. Ja, ein paar Schritte schon, sage ich. So
sitze ich also auf dieser Bahre, die auf Schienen gelagert ist, und
will mich umlegen. Keine Chance, viel zu schmerzhaft. Also steige
ich wieder runter von der Bahre, rein in den Rolli und raus aus dem
Raum.

Eine der beiden Schwestern geht nach Hause und die andere kon-
taktiert die Anästhesie, mit der Bitte um Hilfe. Die wollen jemanden schicken. In der Zwischenzeit unterhalten wir uns. Ich erzähle
zu meinem Leiden eher wenig, denn ich leide ja. Die verbliebene
Schwester, die auf mich einen durchaus sympathischen Eindruck
macht, erzählt ein bisschen von sich selbst.

Schließlich kommt dann ein Vertreter der Betäubungsabteilung, um
sich über die Lage zu informieren. Nach seiner Auffassung kann
man da leider nichts weiter machen. Allerdings schlägt er vor, die
ersten Maßnahmen, nämlich das Legen von Schmerzkathetern und
das Zuführen von Cortison direkt in den betroffenen Rückenwirbel-
bereich, noch am Nachmittag vorzunehmen. Da wäre ich Montag
sicher schmerzfrei, die Schwellung wäre möglicherweise zurückge-

gangen und wir könnten dann das MRT machen sowie im Anschluss die weiteren Maßnahmen besprechen.

Der geänderte Plan wird sofort in Angriff genommen und die Hilfsschwester herbeigerufen. Sie bringt mich wieder auf mein Zimmer. Dort soll ich in Vorbereitung des Eingriffs am Nachmittag einen Fragebogen ausfüllen und unterschreiben. Mache ich sofort. Es geht darum abzuklären, ob ich ein erhöhtes Operationsrisiko darstelle, und ich soll mal wieder darüber belehrt werden, dass die Operation an sich und für mich ein erhöhtes Risiko darstellt, das ich alleine zu vertreten habe. Na ja, das ist wie auf der Rückseite der Quittung in der Autowaschanlage; die sichern sich einfach ab.

Eine halbe Stunde später kommt ein gut aussehender Arzt Marke *Schwarzwaldklinik* und stellt sich als mein zukünftiger persönlicher Operateur vor. Ich denke: *Sympathie ist anders, große Lust strahlt der nicht aus, aber besser als gar nichts.* Er erklärt mir noch mal, dass über den Rückenmarkkanal wohl sehr dünne Schläuche eingeführt würden, über die dann der Wirbelsäule entlang Schmerzmittel und Cortison verteilt würde. Schmerzmittel ist klar, das Cortison ist nötig, damit sich die Schwellungen, die durch den Vorfall verursacht wurden, und die damit einhergehenden Entzündungen zurückbilden können. Dann könnten wir am Montag das MRT machen und wenn alles gut geht, könnte ich wieder heim und meinen Vorfall traditionell mit Physiotherapie und Muskelaufbau behandeln. Einen Großteil dieser Informationen hatte ich schon, aber zusammenhängend erläutert hörte sich das endlich plausibel an. Der große Vorteil wäre, dass wir uns die gefährliche Bandscheibenoperation sparen würden, die wir ja nicht unbedingt wollen. *Stimmt*, denke ich, *die hat ja einen schlechten Ruf und ist wohl noch gefährlicher als das, was der Schönling jetzt vorhat.*

Jetzt nimmt er den Fragebogen, den ich schon fertig ausgefüllt habe. Beim Überfliegen verzieht er das Gesicht, ich habe gestern zwei

Aspirin genommen. Diese verdünnen das Blut manchmal für mehrere Tage und vor Samstag wäre da nichts zu machen. Ich bin gar nicht begeistert. Wir diskutieren das noch kurz und ich lasse mich dann darauf ein, nachdem er mir zusichert, dass meine Blutwerte am nächsten Morgen um 9.00 Uhr festgestellt würden und wenn alles okay sei, es morgen losgehen könnte. Er verabschiedet sich und mir wird klar, dass ich meinen ersten Tag im Krankenhaus schon fast überlebt habe.

Es ist jetzt so gegen 16.00 Uhr. Langsam wird es dunkel und ich bin fix und fertig. Deshalb lege ich mich erst mal auf mein Automatikbett, das ich mir per Bedienteil so einstellen kann, wie es für mich am angenehmsten ist. Mit meinem Zimmernachbarn lege ich dann erst mal die Regeln fürs Fernsehen sowie das Lichtausmachen und das Schnarchen fest. Da ich Ohrenstöpsel dabei habe, denke ich, wird das schon zu schaffen sein.

Flugs ist es 17.00 Uhr und damit allgemeine Essenszeit. Wir bekommen Brot mit Butter und kalten Fleischkäseaufschnitt, Tee dazu und fertig ist die Laube. Nachdem ich 24 Stunden nichts zu essen hatte, bin ich hinlänglich zufrieden. Mein Zimmermitbewohner tut das auch.

Der ist übrigens ein ganz lieber und sehr verträglicher Mensch; ich hoffe, dass er eine ähnliche Meinung über mich gewonnen hat. Er ist 28 Jahre alt, ein großer kräftiger Mann, dem auch zehn Kilo weniger gut stünden. Allerdings braucht er möglicherweise diese Statur, denn er übt den Beruf des Schlossers aus. Er selber ist Geselle und gerade damit beschäftigt, seinen Meisterbrief zu machen. Die praktische Prüfung hat er bereits bestanden und jetzt gilt es, den kaufmännischen Prüfungsteil abzulegen. Er trägt seine Haare sehr kurz und darüber mehr oder weniger immer eine Strickmütze, so wie es früher mal Badekappen gab. Die Wolle ist altweiß. Dazu trägt er einen Bart, wie sonst nur der Weihnachtsmann, aber in Dunkel. Also auf den ersten Blick der perfekte Taliban. Schokolade ist eine seiner Leidenschaften, die andere das Rauchen. So ist er immer mal weg, auf dem Weg zur Raucherpromenade. Er bietet mir von seiner Schokolade an, da aber auch ich eine Erstversorgung erhalten habe, muss ich ablehnen. Damit werde ich in seinen Augen zu einem guten Zimmernachbarn, da ich keine Ansprüche auf seine Schokolade erhebe.

Sein körperliches Leiden ist ein heftiger Hexenschuss, den er vor ein paar Jahren schon einmal erlitten hat und der ihn jetzt schon seit mehr als zwei Wochen plagt. Er meint, die nächste Woche sei arbeiten noch nicht drin. Sein Schmerzmittel erhält er über einen Tropf intravenös in der Nacht und ist damit noch mehr zufrieden, als mit der Schokolade. Er empfiehlt mir dieses Mittel. Dies so lange, bis ich bei der Schwester nachfrage, die ich über einen Klingelknopf rufen kann, ob ich denn nicht auch so was Gutes haben könnte. Sie bestätigt meinen Wunsch, allerdings erst für die Nacht und nicht schon am Abend.

Er erklärt mir noch, dass er am nächsten Morgen früh aufstehen muss und dann erst mal weg ist. Er wird sich aus dem Staub machen, um ein paar Stunden die Meisterschule zu besuchen. Ich denke, dass dies zwar sicher nicht im Sinne seiner Gesundung ist, im Übrigen aber einen löblichen Ansatz darstellt. Es muss das wohl so machen, sonst versäumt er zu viel. Das Kaufmännische ist wohl nicht so sein Ding. *Klar*, denke ich mir, *sonst wäre er ja Kaufmann und nicht Schlosser geworden.* Aus dieser Grundkonstellation heraus folgt meiner Meinung nach die relativ häufige Insolvenz bei jungen Handwerksfirmen, bei denen es im kaufmännischen Bereich eben hapert. Diese Meinung behalte ich aber für mich, ich will ihn ja in diesem Stadium des jugendlichen Ehrgeizes nicht demotivieren. Sein Arbeitgeber, beziehungsweise dessen Firma, besteht aus dem Seniorchef, dem Juniorchef und ihm. Sie stellen Spezialwerkzeuge her was, wenn es läuft, gutes Geld bringt, meist aber ist das Geld knapp. Der Junior ist wohl im Rennsport aktiv und erhofft sich, hierüber ein weiteres Standbein aufzubauen.

Wir sehen nach dem Abendessen noch fern. Dann ist Nacht und wir bekommen unsere Schmerzmittelflasche. So irgendwann zwischen 20.00 Uhr und 20.30 Uhr stöpselte ich mich aus dem Fernsehen aus, es gibt nämlich nur einen Fernsehschirm, dementsprechend nur ein Programm für beide. Den Ton bekommen wir über Ohrstöpsel, die an einem Telefonklingelbedienteil mit angebracht sind. Im Anschluss verschließe ich meine Ohren mit den üblichen Ohrenstöpseln. Das übrigens während meiner gesamten Zeit in Krankenhäusern und in der Reha. Es ist unglaublich, was nachts auf diesen Stationen für ein Verkehr mit entsprechender Geräuschkulisse herrscht. Laufen, rufen, Bettenrücken, Notfälle und die Verrücktheit, dass mehrfach in der Nacht eine Schwester oder ihr Bruder ins Zimmer kommen, um zu sehen, ob wir noch leben.

Am nächsten Tag geht es früh los. Zwischen fünf und sechs Uhr morgens, ich kann das noch nicht so einschätzen, wird wohl von der neuen Schicht erst einmal nachgesehen, ob wir noch alle da sind. Eine Stunde später, so gegen sechs, gibt es ein freundliches *Guten Morgen*. Der Taliban macht sich fertig und verschwindet zu seinem Meisterkurs. Ich bin also erst mal alleine und döse vor mich hin.

Um 7.00 Uhr gibt es Frühstück. Brötchen, Marmelade, Kaffee … nicht gerade üppig, aber okay. Ich versuche mal wieder das Entleeren meiner Blase, leider nur mit geringem Erfolg. Dafür habe ich jetzt Durchfall. Das melde ich beim Blutdruckmessen mit Medikamentenausgabe sofort an. Sehr doof. Die haben nämlich in ihrem

Krankenhaus den *Norovirus* und sind megasensibel für solche kleinen Zwischenfälle! Ich kenne mich ja. Das ist eine für mich übliche Reaktion auf den ganzen Stress, die Schmerzen und vor allem die vielfältigen Schmerzmittel, die ich genommen beziehungsweise bekommen habe. Aber es hilft alles nichts: Mir wird Blut entnommen, um das erst einmal zu prüfen. Das ist so gegen 10.00 Uhr. Dann wird mir erklärt, dass das mit dem Bluttest wegen dem Aspirin auch verschoben wird. Unser Zimmer wird vorsorglich unter Quarantäne gestellt und jeder, der zu mir beziehungsweise zu uns ins Zimmer will, wird mit besonderer Schutzkleidung ausgerüstet. Außerdem habe ich Zimmerarrest.

Schöne Bescherung. Ich fange an, ein Buch zu lesen, und hoffe, dass der Spuk tatsächlich am nächsten Tag zu Ende sein wird. Es ist gegen 11.30 Uhr, also Mittagszeit. Es gibt eine dicke Suppe, weil es Samstag immer eine dicke Suppe gibt. Für mich ist das okay. Ich muss ohnehin maximal alle zwei Stunden zur Toilette.

Jetzt kommt auch mein Zimmermann wieder zurück. Er ist ziemlich fertig. Wegen der starken Schmerzen hätte er dem Unterricht kaum folgen können. Er ist früher gegangen. Eine Schwester kommt und erklärt, dass die Quarantäne auch für ihn gilt. Mitgefangen, mitgehangen.

Wir kommen beidseitig Besuch. Er zwei Freundinnen nacheinander, ich Familie, die mir ein paar Kleinigkeiten bringt, die sie für mich gekauft haben und die ich jetzt brauche, obwohl ich vorher nicht wusste, dass ich sie brauchen würde.

Medizinisch tut sich an diesem Tage so gut wie nichts. Ich bin eingebettet in den Wochenendbetrieb eines Krankenhauses. Das heißt: überall Pflege, halbe Kraft, Notfälle und im Übrigen auf Montag verschieben. Ich erwarte da verständlicherweise in meinem Zustand deutlich mehr, was mir aber nichts hilft. Eines der Mädels, die meinen Taliban besuchen, kennt mich. Sie bedient in einer Gaststätte, die in dem Ort betrieben wird, wo ich wohne. Klein ist die Welt und das ist eine nette Überraschung.

Der Tag vergeht und wir haben 17.00 Uhr Abendbrot mit anschließendem Fertigmachen für die Nacht. Schmerzmittelauffrischung und so weiter. Ich muss immer noch ständig aufs Klo und befürchte immer mehr, dass ich den Stuhlgang beziehungsweise meinen Schließmuskel nicht mehr unter Kontrolle habe. Das finde ich gar nicht lustig. Eine Schwester, die gerade im Zimmer ist, muss ich bitten mir zu helfen. Das macht sie nur mit ausgestreckten Armen und vollvermummt – wegen dem Virusverdacht. Ich mache ihr klar, dass, wenn ich es nicht auf die Toilette schaffe, unser beider Situation im wahrsten Sinne des Wortes beschissen ist. Das hilft wenigstens für den Moment. Schwestern sehe ich an diesem Tag keine mehr.

Ich bin unglücklich, weil ich unten herum immer weniger spüre, hoffe aber auf die Blutauswertungen am nächsten Tag und die dann anstehende Schmerz-/ beziehungsweise Cortison-Behandlung. An diesem wie an vielen anderen Tagen, die noch folgen werden, bin ich sehr müde. Die Schmerzen und der ständige Kampf beziehungsweise die notwendige Wachsamkeit und Aufmerksamkeit meinem Körper gegenüber, ermüden mich sehr. Ich habe das Gefühl, dass ich in einem neuen, mir unbekannten, durchaus freundlichen Organismus gefahren bin und aufpassen muss, was als Nächstes geschieht, damit ich nicht unter die Räder komme. Es ist jetzt echt unspannend, und so schlafe ich mit den gestöpselten Ohren ein.

Am Sonntag beginnt der Tag wie der vorherige. Duschen und von oben bis unten waschen kann ich mich nicht mehr alleine. Hilfe wird mir nicht angeboten und von mir auch weder gefordert noch gewünscht. Ich mache lieber Katzenwäsche. Zähneputzen ja, aber noch nicht rasieren –Elektro- und Nassrasierer sind noch nicht zu mir gelangt.

Dann gibt es Frühstück. Es ist halb neun. Bis neun soll ja Blut abgenommen und der Gerinnungswert bestimmt werden, also lege ich mich in Erwartung der Dinge, die da kommen sollen, wieder in mein Bett. Um 9.15 Uhr lege ich für mich den Ablauf der nächsten zwei Stunden fest. Es ist noch nichts geschehen. Ich gebe den Schwestern Zeit bis maximal 10.00 Uhr, dann werde ich weitere Schritte einleiten. Diesen Entschluss kommuniziere ich nicht aktiv – passiv geht nicht, weil weder eine Schwester noch ein Pfleger oder Arzt erscheinen.

Um 10.00 Uhr ziehe ich meine schöne weiche gelbe Trainingshose an und hangele mich aus dem Bett in den Rollstuhl hinein. Mein Taliban schaut sehr interessiert und ich erkläre ihm, dass es mir, nachdem keiner irgendwas tut, nun endlich reiche und ich jetzt die Situation klären würde.

Die Stationsleitung ist nicht weit entfernt. Als ich aus meinem Zimmer raus und auf Höhe der großen Glasscheibe bin, kommt gerade der wachhabende Arzt, ein sehr sympathischer Mann mit östlichem Akzent und in meinem Alter, auf den Flur. Im Schlepptau hat er die Schwester, die mir am Abend vorher lieber nicht weiterhelfen wollte. Wo ich denn hin will, lautet seine verständliche Frage. Nun, nachdem nicht wie vereinbart Blut für den Gerinnungstest abgenommen worden war, wollte ich mich nach den aktuellen Sachstand meiner weiteren Behandlung erkundigen, erkläre ich ihm. Die Schwester erläutert, dass das Ergebnis der am Vortag veranlassten Untersuchung zur Bestimmung des Norovirus noch nicht vorliegen würde. Damit wäre auch vor Montag nicht zu rechnen. Ohne dieses Ergebnis würde sowieso keine Operation durchgeführt. Deshalb wäre auch die Feststellung des Gerinnungswertes sinnlos und nicht veranlasst. Nachdem das klar ist, sage ich den beiden, dass ich dann direkt weiter zum Taxi rollen würde, mich nach einer alternativen Behandlung umsehen. Meine Sachen würde ich später abholen lassen.

Das gefällt zumindest dem Arzt gar nicht. Er bietet eine sofortige weitere Untersuchung in meinem Zimmer an, da ich auf meinen ständig schlechter werdenden Zustand, insbesondere die zunehmenden Lähmungen hinweise.

Ich bin einverstanden, rolle zurück ins Zimmer und lege mich auf dem Rücken aufs Bett.

Tatsächlich kommt der Arzt ein paar Minuten später, um mich zu untersuchen. Ich schildere, dass ich seit Donnerstag Probleme mit dem Wasserlassen haben, also nur wenig ausscheiden kann und dabei auch noch einen brennenden Schmerz empfinde, außerdem mittlerweile ein Taubheitsgefühl über den gesamten Pobereich bis in die Zehen anliegt. Die großen Zehen und die Waden spüre ich noch. Das hat sich seit Donnerstag bis heute, Sonntag, entwickelt und niemand tut irgendwas außer reden. Das erzähle ich zwar schon seit Donnerstag immer, wenn es einer hören will, aber diesmal hilft es. Ich liege auf dem Rücken und er drückt mir auf den Unterleib. »Da ist rund ein Liter Urin drin«, sagt er: »Wir setzen erst mal einen Katheter.«

Er geht und die die Schwester von gestern Abend kommt mit dem Ding, um mir durch mein bestes Stück einen Schlauch direkt in die Blase einzuführen. Auch dieses Prozedere erlebe ich zum ersten Mal. Zuerst spritzt sie irgend ein Schmerz- oder Gleitmittel und dann führt sie den Schlauch ein. Das ist zwar blöd, aber es muss wohl sein. Der Beutel, den sie dann anhängt, füllt sich relativ schnell mit 1,2 Litern Urin.

Die Schwester meint noch, ich sei wohl eher ein Typ, der nicht hören würde, also so ein Widerspenstiger. »Völlig falsch«, antworte ich. »Das Kernproblem ist, dass mir in diesem Krankenhaus keiner zuhört, obwohl ich jeweils detailliert meinen Zustand schildere, was aber immer völlig ignoriert wird.« Die Aussage passt ihr zwar nicht so recht, aber die derzeitige Situation spricht ja für sich.

Der Arzt kommt und lässt sich nochmals alle tauben Stellen am Körper zeigen, fragt, ob oberhalb des Nabels auch schon Lähmungen zu spüren wären und wie das mit den Bewegungen geht. Das Ergebnis ist dann, dass ich nach seiner Meinung das *Canovasyndrom* habe. Das sind ständig fortschreitende Lähmungen und da muss sofort gehandelt werden. Er habe schon den Krankentransport angefordert. Ich würde verlegt, in die Uniklinik des Saarlandes in Homburg, die hätten dort bessere Möglichkeiten, natürlich mein Einverständnis vorausgesetzt.

Ich habe nach diesen Eröffnungen echt Schiss und bin froh, dass etwas geschieht. Also informiere ich meine Familie über meinen Umzug von einer Klinik in die andere. Bald schon rückt das Krankentransportteam an, diesmal mit Rollbahre. Selbst der Rolli würde mir nicht mehr helfen.

Bis zum Abtransport bringe ich es auf zwei Liter Urin. Kein Wunder, dass das wehgetan hat. In diesem Zusammenhang fragt der Arzt noch nach den aktuellen Schmerzen. Ich sage, die wären erträglich. Das, meint er, wäre schlecht, weil die Lähmungen dann schon weit fortgeschritten seien.

Ich verabschiede mich noch bei meinem Taliban, danke ihm für die gute Kameradschaft, lasse mich auf die Bahre legen und es geht auf die Reise. Mittagessen fällt aus.

Einen der beiden Sanitäter kenne ich schon. Die junge Frau hat mich schon eingeliefert. Allerdings hat sie heute einen anderen Partner und sie fährt den Bully. Mit dem anderen Sanitäter ergibt sich kein Gespräch. Ich habe auch ziemlich die Nase voll und hoffe, dass ich bald in der Uniklinik sein werde.

Die Fahrt dauert etwa 45 Minuten. Ich bin schon angekündigt und werde direkt auf Station gebracht. Man bietet mir ein Einzelzimmer an, was ich dankbar annehme. Die ersten positiven Nachrichten an diesem Tag. Von der Bahre geht es in ein frisches Krankenbett, allerdings ohne die Möglichkeit, dies automatisch zu verstellen.

Ich werde nach dem Umbetten sofort aus dem Zimmer in Richtung MRT geschafft, das ist hier nämlich auch am Wochenende in Betrieb. Da ist was los, mehrere Patienten warten. Drei Schwestern arbeiten und vier Leute, die wie Studenten aussehen, lernen irgendwie in einer Ecke miteinander.

Ich bin als Zweiter dran. Ob ich Metall an oder in mir habe? Außer den Implantaten im Mund kann ich das verneinen. Ob ich laufen kann? Na eben nicht. Okay, aber ein Schritt auf diesen Schlitten, der in die Röhre einfährt? Eine Schwester hilft mir, es geht, ich sitze. Umlegen und ruhig liegen auf der harten Pritsche geht aber gar nicht. Wieder wird die Anästhesie zu Hilfe rufen. Da kommt dann auch ein Mann in der typisch grünen OP-Kleidung. Er bringt zwei Glasflaschen mit weißem Inhalt und einen Injektionsschlauch mit. Er stöpselt den Schlauch in einen Plastikverteiler, den ich schon auf meinem linken Handrücken trage. Es dauert nicht lange, und ich bin relativ schmerzfrei, kann mich also umlegen.

So geht es jetzt hinein in die Röhre. Nach einer gefühlten Ewigkeit geht es aber mit den Schmerzen wieder los und ich rufe lautstark, dass ich es nicht mehr aushalten kann. Also komme ich raus aus der Röhre und werde wieder auf mein fahrbares Bett gehoben. Der nächste Patient kommt dran und ich werde in den Vorraum, der als Kontrollraum dient, gestellt.

Auf mehreren Bildschirmen werden einmal Patienten in der Röhre beobachtet und im Anschluss gleichzeitig die Aufnahmen angesehen und ausgewertet. Nach einer Viertelstunde kommt ein Arzt in Lederjacke, der anscheinend Notdienst hat. Die Röntgenärzte fragen, nachdem er sich die Bilder angesehen hat, ob er bessere Aufnahmen braucht und ich in Vollnarkose nochmals in die Röhre soll. Das verneint er. Ihm sei klar, um was es geht, und er kann seiner Meinung nach operieren.

Er erklärt mir, dass ich einen sogenannten *Massenvorfall* hätte, der sobald als möglich operiert werden müsse, um dauerhafte Schädigungen, die durch das Quetschen des Nervenstranges entstehen, zu vermeiden. Die Bandscheibe in *L2/L3* sei mehr oder weniger vollständig kollabiert, zwischen den Wirbeln ausgetreten, in den Spinalkanal hinein geschoben und drückt mir jetzt den Hauptnerv zusammen. Hierdurch wird eine Querschnittslähmung verursacht. Je länger dieser Druck anhält, desto größer ist die Gefahr, dass irreparable Schäden entstehen. Ob ich diese Operation mit den üblichen Risiken machen lassen will, muss ich selbst entscheiden. Auch wann sie dann gemacht werden soll, ist meine Sache. Er hat zwei Vorschläge: Entweder sofort oder morgen, also Montagfrüh.

Schlimmer, denke ich, *kann es ja kaum noch kommen.* Also erkläre ich mich zur sofortigen Operation bereit. Wann denn *sofort* wäre, frage ich. »Na«, meint er, »mit Händewaschen und so in zwanzig Minuten.« Außerdem müsste ich noch für die Risikoübernahme unterschreiben. Dies sogar auf zwei unterschiedlichen Formularen, da ich aufgrund der vielen Schmerzmittel eventuell schon nicht mehr klar entscheiden könnte.

Ich unterschreibe liegend und los geht es. Ein Anästhesist stöpselt mir wieder ein Schmerzmittel an meinen Verteiler und ich bekomme noch mit, dass ich durch Kellerräume, und irgendwie lese ich *Pathologie*, mit meinem Bett gefahren werden. Dann bin ich erst mal weg. Einfach weg, keine Erinnerung, keine Träume nur weg.

Ich werde wach, auf dem Rücken liegend. Eine sympathische grün gekleidete Frau beugt sich über mich. Das ist das Nächste, was ich mitbekomme. »Entweder Sie atmen laut und deutlich und dürfen auf Ihr Zimmer oder nicht, dann kommen Sie in den Wachraum.«
»Natürlich atme ich«, sage ich und mache die Augen wieder zu.
»Hallo, aufwachen!«, rufen jetzt zwei auf einmal.
Okay, ich werde also wach, atme deutlich sichtbar und werde von einer Schwester auf mein Zimmer gefahren. Eine zweite Schwester kommt dazu und ich werde freundlich in mein Zimmer eingewiesen. Die beiden erklären mir die Technik und dass ich mit einer Karte, die man am Eingang kaufen kann, Telefon und Fernsehen aktivieren kann. Dieses System habe ich bis heute nicht wirklich verstanden. Zu diesem Zeitpunkt war es mir auch nicht wichtig. Ich bitte darum, dass eine der beiden mir eine Karte kauft, denn es ist kurz vor 20.00 Uhr am Sonntagabend, ich kann noch nicht aufstehen und zum Eingang laufen, aber um 20.15 Uhr beginnt der *Tatort*. Das sei zwar ungewöhnlich, aber eine der beiden erklärt sich dazu bereit. Ich gebe ihr 50 Euro und sie geht einkaufen.
Nach ein paar Minuten kommt sie mit der alles entscheidenden Karte und dem Wechselgeld in einer kleinen Plastiktüte zurück. Trinkgeld lehnt sie kategorisch ab. Die Karte stecke ich ein. Es wäre ein Grundguthaben von acht Euro aufgeladen. Für das Telefon werde ich sie wahrscheinlich nicht brauchen da ich ja mit Smartphone und iPad ausgestattet bin. Fürs Fernsehen bin ich dankbar. Meine Tochter und meine Frau sind auch noch gekommen und sehen nach mir, sind froh, dass es mir gut geht.

Genau um 20.20 Uhr ist alles bereit. Alle sind weg und ich kann den *Tatort* im *Ersten* ansehen. Gut, einen Teil davon, so ab der Mitte, bekomme ich nicht wirklich mit und am nächsten Tag weiß ich auch nicht mehr genau, um was es wirklich ging. Aber an diesem Abend habe ich Normalität, keine Schmerzen, die Hoffnung, dass alles gut wird. Ich schlafe nach dem Krimi zufrieden ein.

Ich lebe jetzt mit Katheter, um den Urin abzuführen. Morgens, als Erstes, kommt im noch stockdunklen Zimmer jemand rein, der oder die diesen Beutel wechselt. Das geht zwei Tage und Nächte so. Dann wird der Schlauch wieder gezogen, damit ich normal Wasserlassen kann. Das Schlauchziehen übrigens ist auch schnell erledigt und bei Weitem nicht so unangenehm, wie ich das aus Erzählungen kenne. Ich werde darauf hingewiesen, dass es noch ein paar Tage brennen würde, dann wäre es nach und nach vorbei. Das käme von den Verletzungen, die durch das Einführen und Ausbringen des Schlauches an meinen Schleimhäuten entstanden seien.

Die ersten beiden Nächte habe ich also noch den Pissbeutel am Bett. Noch bin ich sehr sensibel, was die ganzen Geräusche und Gerüche in diesem Klinikum betrifft. In der zweiten Nacht höre ich plötzlich ein Plätschern, werde wach und denke, da läuft wohl irgendwo Wasser rein. Dann öffne ich die Augen kurz, sehe im Eingangsflur meines Zimmers Licht und denke, das kann doch unmöglich sein, dass jetzt mitten in der Nacht jemand das Zimmer putzt. Augen wieder zu. Es plätschert weiter. Augen wieder auf. Ich sehe rechts von mir am Bett herunter. Aha, Gefahr erkannt. Da kniet eine Schwester neben meinem Bett und lässt den Pissbeutel in einen Eimer ab. Das plätschert eben. Sie sagt »Alles in Ordnung« und ich mache die Augen wieder zu und denke, die haben einen Vogel. Ich sehe noch auf die Uhr: 5.00 Uhr morgens. Dann schlafe ich wieder ein.

Meine Arzneimitteldosierung der nächsten Tage besteht aus meinem Blutdruckmittel, das ich immer nehme, einem Antibiotikum wegen der Blasenentzündung und Ibuprofen wegen der Schmerzen sowie morgens und abends Novalgintropfen. Bei Bedarf bietet man mir noch ein morphines Mittel für die Nacht an. *Man* ist in diesem Fall der leitende Arzt, ein Professor, den ich erst am Dienstag kennenlerne. Er hatte ein paar Tage frei und sein Vertreter besprach mit mir montags die ersten Dinge. In der Folge kommen der Professor oder sein Vertreter jeden Tag morgens um 8.00 Uhr zur Visite. Nachschauen, wie die Wunde so verheilt, Verbandwechsel oder Besprechung der weiteren Vorgehensweise. Damit bin ich sehr zufrieden, fühle mich zu jedem Zeitpunkt gut informiert, ernst genommen und wirklich medizinisch betreut. Meine Wunde, etwa drei Zentimeter lang im Lendenwirbelbereich, verheilt problemlos. Alle Ärzte und Schwestern sind stolz und zufrieden und ich bin es auch.

Gleich ab Montag lasse ich mir von meiner Frau und meinem Sohn die laufenden und die Terminvorlageakten ins Krankenhaus bringen. Da kommen dann große Postkisten, Mappen und Taschen mit viel Papier an. Mit dem iPad und dem Handy bin ich also arbeitsfähig. Ich habe einen Tisch und zwei Stühle im Zimmer und kann mir mein Büro einrichten. Der Professor meint, es sähe aus wie in seinem eigenen Büro.

Bis zum Ende dieser Woche habe ich es geschafft alle Vorgänge, die ausschließlich von mir bearbeitet werden können beziehungsweise Vorgänge, zu den ich persönlich Termine vereinbaren muss, auszusortieren und erst mal um vier Wochen zu verschieben. Diese drei großen Postkisten gebe ich dann Freitag meinem Sohn gleich wieder mit. Der Rest beschränkte sich auf einige Papierstapel auf meinem Tisch, die entweder einer Delegierung, einer Rücksprache oder aber einer Stellungnahme von mir bedürfen. Das muss ich dann per Telefon oder per E-Mail erledigen. Hierzu kann ich dann mein iPad, das ich sonst eher nicht nutze, perfekt einsetzen. Die Bearbeitung kann verständlicherweise nur sehr langsam und Stück für Stück erfolgen.

Erst einmal ist die Abarbeitung von meinen körperlichen Möglichkeiten abhängig. Ich kann und darf alles machen, also liegen, sitzen, stehen und laufen (schön wär's), alles möglichst immer in einem vernünftigen Wechsel. Ich kann, so wie man mir das beigebracht hat, alleine von meinem Bett aufstehen: Zuerst die Beine seitlich aus dem Bett, dazu muss ich mich auf die Seite rollen, dann den Oberkörper über den Arm hochstemmen und schon sitze ich. So wird der Rücken am wenigsten belastet. Dann aufstehen und in den Rollstuhl setzen. Diesen habe ich mir schon mit der Sitzseite schräg ans Bett gestellt und die Räder arretiert. Das mit dem Feststellen der Räder muss ich beim Ein- oder Aussteigen immer zwingend beachten, sonst rollt der Rollstuhl unter mir weg und ich liege auf der Schnauze. So sitze ich also und bin mobil, kann wohin auch immer, zum Beispiel zum Tisch mit meinen Akten fahren.

Dann muss ich mich an die Organisation des Krankenhauses anpassen. Wenn das Essenstablett kommt, muss der Tisch frei sein. Wenn Visite ist, sollte ich auch nicht arbeiten. Na ja, und in der Restzeit muss ich dann die Eingangspost, die ich per E-Mail bekomme, lesen und bearbeiten. Dazu kommt, was ich aktiv tun will oder meine wollen zu müssen. Zu den Zeiten, zu denen ich dann also kann, muss auf der anderen Seite auch jemand als Ansprechpartner da sein. Erreiche ich niemanden, muss ich den Kontakt in der Regel auf den nächsten Tag verlegen. So dauert alles seine Zeit. Dennoch bin ich weiter bedingt ansprechbar und kann zumindest den anderen in der Firma mit Informationen und Vorschlägen zum weiteren Vorgehen zur Verfügung stehen.

Frühstück gibt es nach dem ersten Wecken, das so gegen sechs Uhr erfolgt, irgendwann zwischen sieben und acht Uhr morgens. Je nachdem, versuche ich schon vor dem Frühstück, wenigstens aber kurz danach – Achtung! Die Visite ist einzuplanen! –, mich im Bad für den Tag zu richten. Morgens zur Toilette geht mit dem Rolli ganz gut. Ich fahre so nahe wie möglich an die Kloschüssel heran. Mir tut das Wasserlassen immer noch sehr weh und ich habe auch den Eindruck, dass zu wenig kommt. Dann Zähneputzen, Rasieren, waschen, soweit ich die einzelnen Körperteile erreiche, mit Aufstehen und Festhalten am Waschbecken.

Das mache ich drei Tage, dann gehe ich zum ersten Mal duschen. Echt schwierig, bis ich in die Dusche gestiegen bin und mich dort auf dem Hocker niedergelassen habe. Ich brauche am Ende für den ganzen Körperreinigungsvorgang zwei Stunden. Dafür bin ich aber sehr zufrieden, dass ich gut rieche und alles ohne fremde Hilfe, ganz so, wie es für mich gut war, erledigen konnte. Klar stehen die Schwestern zum Waschen zur Verfügung. Nach meiner Meinung hat das aber keinen Sinn, denn ich fühle mich kein bisschen krank, habe keine Schmerzen, bin eben nur zur Hälfte innen und außen mehr oder weniger gelähmt. Das muss sich so schnell wie möglich ändern und ich denke mit Bewegung kann ich meinem Körper am besten klarmachen, was er einmal konnte und jetzt schnellstens wieder können muss.

Und schon bald ist Mittagszeit, das ist hier um 11.30 Uhr. Da bleibt mir für meine persönlichen und geschäftlichen Erledigungen knapp eine Stunde.

Das Essen muss man einmal in der Woche per Menüvorschlag vorbestellen. Es wird unterschieden in Vollkost, Schonkost und vegetarische Kost. Es gibt immer mal wieder sowohl zur warmen Mittagsmahlzeit als auch zum Abendbrot landestypische Gerichte wie zum Beispiel *Lyoner mit Brot* oder *Dibbelabbes*. Das ist vertraut und freut mich, da es wenigstens der Versuch ist, die Eintönigkeit etwas aufzupeppen. Der Frühstücksvorschlag ist mehr oder weniger immer gleich, es gibt Kaffee oder Tee, und dann kann man aus Marmelade, Nuss-Nugat und Honig wählen. Brot und Brötchen werden ebenfalls angeboten. Kaffee gibt es eine ganze Kanne und da ich morgens gerne von diesen kleinen Tassen drei bis vier trinke, ist mir das gerade recht.

So gegen 13.00 Uhr wird dann das Tablett mit dem Geschirr wieder abgeholt. Es gibt in diesem Krankenhaus für die unterschiedlichen Tätigkeiten unterschiedliche, anscheinend fest angestellte Mitarbeiter, also weder Catering noch Fremdarbeiter oder Leiharbeiter, schon gar nicht unter Mindestlohn. Hier ist die Welt noch in Ordnung. Entsprechend menschlich, freundlich und jederzeit hilfsbereit sind alle. Allerdings eben auch nicht die Schnellsten. Unter anderem muss das Tablett mit dem Essen etwa anderthalb Stunden bei mir rumstehen, weil nach der Essensausgabe auch das Personal Mittagspause macht, die müssen ja auch mal was essen. Erst im Anschluss kann das Servicepersonal dann abräumen. Alles hat seinen geordneten Rückstand.

Die Reinigung der Zimmer wird nach einem System durchgeführt, das ich bis zuletzt nicht überblicken kann. Jedenfalls ist es sauber. Immer mal wieder in unregelmäßigen Abständen kommt eine Putzschwester mit einem voll ausgerüsteten Putzwagen vorbei und reinigt das Zimmer. Staubsauger oder sonstige Geräte, die Lärm machen oder Herzschrittmacher in ihrem Rhythmus stören könnten, kommen nicht zum Einsatz. In dieser Zeit, zwischen Essen und 14.30 Uhr, habe ich auch gut Zeit, meine Dinge zu erledigen.

Dann ist nachmittägliche Ruhe angesagt. Und tatsächlich: daran gewöhne ich mich sehr schnell. Es treten nach dem Verdauen des ersten Krankenhauses und des Operationsschocks ein paar Dinge ein, die mein Körper so will und fordert und die sich dann über Monate hinziehen werden. Ich bin ja sozusagen in vollem Flug abgeschossen und auf null gesetzt worden. Jetzt merke ich, dass ich langsamer geworden bin, wie ich mir das vorher nie hätte vorstellen können. Nicht nur Dinge, die ich wegen meiner körperlichen Schädigung nicht schneller tun konnte, sondern wirklich alles dauert ewig lange: Vorgänge lesen, entscheiden, diktieren … alles scheint ewig zu dauern.

Dann bin ich müde. Das frühe Aufstehen war okay, aber um 14.00 Uhr mittags bin ich platt und froh, wenn ich am Anfang eine Viertelstunde und dann am Ende bis zu einer Stunde schlafen kann. Dann mache ich nichts und mein Radius ist auf das Zimmer und einen oder zwei Ausflüge am Tag mit dem Rolli, später mit dem Rollator beschränkt. Trotzdem nehme ich insgesamt sieben Kilo ab. Alle die mich sehen bedauern diesen Umstand und sehen mich mitleidig an. Ich bin zwar froh, dass ich den Speck los bin, dass dabei aber auch jede Menge Muskelmasse in den Beinen und im Gesäß flöten geht, ärgert mich, denn ich bekomme sofort Muskelkater und sitze auf einem Hintern, der nur noch aus Knochen besteht – das ist auch nicht lustig.

Nach dieser Pause geht es so ab 15.30 Uhr wieder weiter. Das ist meist die Zeit, in der ich endlich dazu komme, noch selbst was für meinen Körper zu tun. Ich habe mir vorgenommen, jeden Tag mindestens eine, möglichst mehrere Übungen zu machen. In Wahrheit wird es maximal zweimal am Tag eine Übung, weil ich ja den geschilderten Tagesablauf irgendwie beachten muss. Ein Dagegenstemmen würde nicht gelingen. *Übung* heißt, dass ich entweder eine Aufgabenstellung erledige oder aber eine neue, möglichst steigernde Art der Körperbewegung erfinde.

In der Regel morgens, und zwar schon nach einem Tag Pause am zweiten Tag nach meiner ersten Operation, kommt eine Physiotherapeutin, um eine halbe Stunde mit mir zu üben. Das ist meist morgens in meiner *Kernarbeitszeit*, sodass ich diesen Zeitverlust am frühen Nachmittag nachholen muss. Ein bis zweimal war sie dann auch nachmittags da und ein paar Tage war sie in Urlaub. Während dieser Zeit hat eine Vertretung mit mir gearbeitet. Ich empfinde das Ganze körperlich und seelisch sehr positiv, weil ich sofort nach der OP irgendetwas tun konnte, Erfolge erkennbar sind und ich dadurch das Gefühl habe, wieder vollständig zu genesen.

Sie stellt sich also bei ihrem ersten Besuch in meinem Zimmer vor und erklärt mir, dass wir vorerst im Bett liegend einige Übungen machen werden. Ich muss meine Muskeln bewusst anspannen und die Füße nach unten ins Bett drücken. Dann das Ganze in die andere Richtung. Danach erst das rechte Bein 20 Mal anziehen, dann das linke Bein 20 Mal anziehen und ausstrecken. Ich kann meine Zehen ganz leicht bewegen. Die Bestandsaufnahme am zweiten Tag nach der ersten OP ergibt, dass noch kein Stuhlgang erkennbar ist, ich aber pinkeln muss und kann, wobei das nach wie vor schmerzhaft ist und nur wenig kommt. Der komplette Gesäßbereich inklusive Oberschenkel ist taub, das nennt man *Reiterhose*. Weiterhin lassen sich beide Füße zwar bewegen, sind aber ebenfalls im gesamten Fußsohlen-, Fersen- und Gelenkbereich gefühllos, das wiederum in unterschiedlicher Ausprägung. Im linken Fuß habe ich weniger Gefühl als im rechten. Rechts fühlt sich der Fuß beim Auftreten so an, als ob ich ein kleines Kissen unter den Vorderfuß geklebt hätte. Die drei kleinen Zehen vom linken Fuß sind gefühllos aber bewegbar. Am rechten Fuß sind diese gefühllos aber nur bedingt zu bewegen. Einzeln kann ich sie gar nicht bewegen und ohne Anspannung hängen sie am rechten Fuß leicht nach unten. Später stelle ich fest, dass sie beim Gehen so *wegschlappen,* echt super doof. Die Physiotherapeutin ist es auch, die mir das Einsteigerprogramm für gelähmte Rollstuhlfahrer zeigt: wie man aus dem Bett richtig aufsteht, den Rollstuhl einschwenkt, diesen feststellt, wieder aussteigt, sich mit ihm dreht und wendet etc. Darauf hätte ich wirklich gerne verzichtet. Allerdings ist das natürlich super nützlich, da ich jetzt mobil bin.

Nach der ersten Einweisung war es dann Zeit, meine erste eigene Trainingseinheit zu planen. Am Nachmittag setzte ich das Erlernte um. Erst das Programm vom Morgen noch einmal. Dann verbotenerweise alleine aufstehen ab in den Rolli, Rolli aus dem Zimmer und nach links den Gang entlang Richtung Ausgang und dann kreuz und quer durch Krankenhaus bis zu einem Hörsaal.

So ein Ausflug macht durstig und außer Tee und Wasser gibt es in der Bude leider nichts. Ich nahm mir also einen Tee aus einer der bereitgestellten Kannen. Im Laufe der nächsten Tage stellte ich dann fest, dass der Tee nur einmal am Tage aufgefüllt wird. Wenn ich also nachmittags auf meiner Trainingstour hier ankam, was meist der Fall war, hatte ich Pech.

Auf dem Rückweg hatte ich Gelegenheit das Angebot von einigen Automaten im Eingangsbereich der Klinik zu studieren. Es gab alles, von Süßigkeiten über Getränke, Kaffee bis hin zu belegten Brötchen im Glaskasten. Außerdem stand dort auch der Automat, mit dem ich meine Fernseh-/Telefonkarte aufladen könnte, wenn ich diesen Automaten beziehungsweise seine Funktionsweise denn verstehen würde – war aber leider nicht zu schaffen.

Um 17.00 Uhr gibt es Abendbrot. Gegen 18.00 Uhr wird das Geschirr wieder abgeholt. Dunkel ist es aufgrund der Jahreszeit auch schon und das ganze Geschehen im Stationsleben breitet sich ab jetzt auf die Nacht vor. Ich habe mir zwei Büchern mitgebracht, denn ich lese sehr gerne und tue dies auch jeden Tag ausgiebig, in der Regel um diese Uhrzeit, bevor ich noch den Fernseher bemühe.

Auch zum Telefonieren mit den Menschen, die ich mag und die mir wichtig sind, ist das eine gute Zeit. Diese haben den beruflichen

Alltag gerade hinter sich und vor sich den Feierabend, da sind sie gut ansprechbar. Für mich sehr früh, so kurz nach 21.00 Uhr, mache ich das Licht aus und schlafe ein.

In der ganzen Zeit kann ich gut schlafen. Schmerzen habe ich ja keine. Dreimal am Tag bekomme ich Tabletten, die ich bei Bedarf einnehmen kann.

Am Dienstagmorgen nach der Operation kommt also der Professor zum ersten Mal persönlich zur Visite. Die ist für seine Verhältnisse ziemlich spät, so gegen 10.30 Uhr. Er hat ja vieles, was in den letzten Tagen passiert ist, noch nicht gesehen und entsprechend lang muss er sich Zeit nehmen. Das tut er auch bei mir. Im Rahmen einer ausführlichen Aussprache zwischen uns legen wir beziehungsweise er fest, dass ich am nächsten Tag zum CT-Röntgen soll, um nach der erfolgten OP mal zu sehen, wie sich das so macht. Nur so könne er entscheiden, ob eine Entlassung, eine weitere OP oder was auch immer angebracht sei. Das leuchtet mir ein. Vorher-nachher-Bilder lassen da sicher einiges erkennen. Der Rest des Tages verläuft unspektakulär. Ständiger Schichtwechsel bei den Schwestern und mindestens eine verbale Vorbereitung auf den Faschingsdonnerstag bestimmen den Alltag auf Station. Ich mache brav meine Übungen und meinen Ausflug mit dem Rolli.

Der nächste Tag wird da schon spannender. Ich werde mit dem Rolli in den Keller zum CT-Röntgen gefahren und komme dort auch sehr zügig dran. Eine hübsche dunkelhaarige CT-Röntgenschwester betreut mich. Ich muss mich an ein Gestell an der Wand stellen und das Röntgengerät macht dann verschiedene Aufnahmen. Das geht alles sehr fix und in wenigen Minuten sind die Bilder im Kasten. Natürlich bin ich neugierig und frage, ob ich mir die Bilder auf den Computerbildschirm ansehen darf. Klar, das macht die Schwester gerne. Deutlich sehe ich die operierte Bandscheibenstelle und auch, dass sich ein leichter Schatten immer noch Richtung Spinalkanal, also auf meinen Hauptnervenstrang zu schiebt. Dazu meint die Schwester, hier müsse der Professor entscheiden, was zu tun sei. Wir sehen uns an, sagen nichts und ich denke nur, dass der Professor nochmals schneiden wollen wird.

Die Schwester erzählt mir dann noch, dass sie nebenbei Heilpraktikerin sei und auch praktiziere. Für mein Rückenleiden empfiehlt sie täglich beim Zähneputzen eine Übung aus der Yogalehre. Sie führt mir diese Übung vor, dreht sich um, den Rücken zu mir, und schwingt das Becken in Form einer Acht. Am Anfang habe ich Probleme den Schwingungen zu folgen. Dann habe ich es erfasst, sehe vor mir die wirklich sehr ästhetischen Übungen an denke an Sinnlichkeit, Fruchtbarkeit und dass die Yogis schon echt was drauf haben. Ich verspreche, das mal zu probieren, wobei ich gerade mal froh bin, nicht vom Fleck weg umzufallen, sobald ich irgendwo ohne Haltepunkt stehen soll, ganz zu schweigen von dem abgewandelten Elvishüftschwung aus der Yogalehre. Auf jeden Fall will ich mir diesen therapeutischen Ansatz mal für alle Fälle merken.

Wir verabschieden uns und ich rolle fröhlich in mein Zimmer zurück. Was mir in diesem Zusammenhang einige Gedanken macht, ist, dass ich nach wie vor nur unter Schmerzen Wasser lassen kann, außerdem die Gefühllosigkeit im Hintern und im Beckenboden nicht weg ist. Ich nehme mir vor, das explizit am nächsten Morgen bei der Visite zu besprechen.

An diesem Tag sind die Mädels alle etwas ausgelassener als sonst, denn abends geht es ja auf die Rolle. Für mich ereignet sich an diesem Tage nichts mehr. Angeblich dient ja aber eben alleine der Zeitablauf meiner Genesung. Da hilft eben auch nur ein fester Glaube, *denn alles wird gut.*

Der nächste Morgen, Freitag, beginnt wie immer mit Kaffee, Brötchen und – mir völlig unverständlich – Quark. Der Professor macht so gegen acht Uhr Visite. Er wechselt meinen Verband auch wie bisher persönlich und ist mit dem Heilverlauf sehr zufrieden. Was er und seine Vertretungen auch immer selbst machen, ist das Setzen einer Bauchspritze, womit das Risiko einer Thrombose minimiert werden soll.

Wir besprechen zuerst meine Bildaufnahmen vom Vortag. Für ihn sind die eindeutig. Insbesondere im Hinblick auf meine Lähmungen vertritt er die Auffassung, dass eine weitere OP unumgänglich sei. Er erläutert mir noch mal, wo sich die Bandscheibe immer noch zwischen den Wirbelkörpern in Richtung Nervenstrang herausgerückt beziehungsweise wo Gewebematerial sichtbar ist, das bei den ersten OP nicht vollständig entfernt werden konnte. Ob also die Bandscheibe sich weiter herausgedrückt hat oder ob die erste OP nicht ganz erfolgreich war, lässt sich nicht mit Sicherheit sagen. Dies könnte erst im Verlauf der OP erkannt werden. Sollte sich weiteres Bandscheibenmaterial verselbstständigt haben, wovon er bei dem vorliegenden Massenvorfall auch ausgeht, würde beziehungsweise müsste er während der zweiten Operation dann eine Metallklammer setzen und verschrauben, um damit die beiden Wirbel $L2$ und $L3$ dauerhaft miteinander zu verbinden, sozusagen zu versteifen. Soweit ich das beurteilen kann, bleibt mir also keine andere Wahl, wie bei den bisherigen und vielen folgenden Entscheidungen auch. Wir legen den 9. Februar, das ist der nächste Montag, als Operationstermin fest und er versichert mir, ich würde gleich morgens drankommen. Erstes großes Thema also erledigt.

Dann spreche ich an, das meiner Meinung nach sich die Blase weiterhin nicht vollständig entleert und ich beim Pinkeln einen schmerzhaften Druck und ein Brennen in der Harnröhre habe. »Kein Problem«, meint er, man würde mich in der Urologie anmelden und die würden sich der Sache dann annehmen. Möglicherweise müsste ich Zusatzmedikamente verordnet bekommen oder es gäbe andere Möglichkeiten, die am besten die Abteilung *Urologie* beurteilen könnte.

Es geht also weiter. Ich werde gegen neun Uhr vom Krankentransport geholt. Zwei Männer helfen mir auf die fahrbare Krankenliege und bringen mich zum Transporter. Meine Krankenhausakte bekomme ich auf den Bauch, zum Vorzeigen und wieder Zurückbringen. Nachdem ich eingeladen und festgezurrt bin, geht es los. Wir fahren einige Straßen durch das Universitätsgelände bis in den Haupteinfahrtsbereich. Die beiden Fahrer laden mich aus und bringen mich zur Aufnahme in der Urologie. Dort stellen sie mich auf dem Flur ab und bringen meine Akte ins Aufnahmebüro. Damit bin ich praktisch wieder eingecheckt.

Mit mir warten viele andere Patienten. Da gerade Fasching ist, haben die meisten Ärzte und Urologen ihre Praxis geschlossen. Die Vertretungen wieder überweisen an die Uniklinik, damit ist das Problem für sie gelöst. Das Klinikum muss sich dann bei verringertem Personalstand wegen Fasching mit dem erhöhten Patientenaufkommen herumschlagen. So warte ich und warte ich.

Nach anderthalb Stunden schlage ich Alarm. Ich muss dringend pinkeln und das geht natürlich im Flur auf dem Hochbett liegend schlecht. Ich werde dann von einem Pfleger in eines der Zimmer geschoben, bis ich dort dann nach einer weiteren halben Stunde klar mache, dass es jetzt reicht. Alle die vorbeikommen versichern, dass es sofort losgeht.

Dann geht es tatsächlich los. Eine Ärztin kommt rein, grüßt freundlich, setzt sich links von meinem Kopf an den Computer, schreibt irgendwas und telefoniert mit einer Station, dass sie einen Notfall unterbringen muss und anscheinend eine Patientin ihr Einzelzimmer nicht aufgeben will. Dazwischen sichert sie mir zu, sich gleich zu kümmern. Ich weise darauf hin, dass ich dringend pinkeln muss. Das nimmt sie zur Kenntnis. Gleich darauf betritt ein Pfleger den Raum. Sie gibt die Information weiter und ich kommentiere das dringende Bedürfnis dazu. »Alles kein Problem«, meint er und holt eine Plastikpinkelflasche. »So brauchen Sie nicht aufstehen.« Geht aber im Liegen bei mir nicht.

Okay, er hilft mir aufstehen. Ich stehe also, das Bett in meinem Rücken als Haltepunkt, sonst falle ich ja um. Eine Schwester ist mittlerweile auch noch dazukommen. Wasserlassen kann ich in dieser Gruppe erst mal nicht. Der Pfleger hält mir die Flasche an den Pimmelmann und erkennt, dass das so wohl nichts werden wird. Er übergibt den Behälter an mich. Ich halte ihn nun selber an mein bestes Stück. Die junge blonde freundliche Ärztin meint zu mir, sie geh dann mal, habe eh noch was vor und vielleicht gehe es ja dann.

Geht nicht. Daraufhin macht sich auch die Schwester auf die Socken. Nach ein paar Minuten kommt die Schwester zurück und erklärt dem Pfleger, dass sie persönlich auch nicht pissen könne, wenn er zuschaue. Also verlassen beide den Raum.

Jetzt kann ich endlich meinem dringenden Bedürfnis nachkommen und mich beziehungsweise meine schmerzende Blase entlasten. Über einen halben Liter werde ich los. Der Pfleger kommt wieder und ist über das Ergebnis sehr erfreut. Die Schwester sehe ich nicht mehr, dafür meine Ärztin mit einer weiteren im Schlepptau. Sie erklärt der Kollegin die Situation und bittet diese, das weitere Verfahren zu übernehmen. Sie verabschiedet sich kurz und sachlich.

Das fällt mir übrigens immer wieder auf. Als Patient ist man, abgesehen von einer direkten Ansprache oder einer Auskunft die die vom Krankenhauskonsortium der Ärzte und Pfleger brauchen, eine Sache, ein Gegenstand über den man spricht und befindet, obwohl dieser Mensch, also ich, dabei ist und ein Einbeziehen meiner Person wohl statthaft wäre.

Aber jetzt geht's los. Ein weiterer Computer wird aktiviert. Es handelt sich um ein Ultraschallgerät und nachdem ich, Hosen runter, etwas Glibber von der zweiten jetzt zuständigen Ärztin auf meinem Bauch verteilt bekommen habe, fährt sie mit einer Art Maus über meinen Unterleib. Der Pfleger ist geblieben und assistiert. Wir sehen uns meine Blase gemeinsam an und Sie erkennt, dass noch jede Menge Urin verblieben ist. Ich fasse zusammen: Harndrang habe ich und wenn mir beim Pinkeln meine Ruhe gelassen wird und keine Zuschauerkarten verteilt werden, kann ich das auch. Dabei zieht und brennt es in der Harnröhre und der Strahl hat nicht den Druck, den ich von früher gewohnt bin. Dabei bleibt wohl, was wir jetzt auf dem Bildschirm sehen, ein nicht unerheblicher Rest in der Blase.

Meine Aktivärztin diagnostiziert eine typische *Überlaufblase*. Diese arbeitet eben nur ab einem bestimmten Füllstand. Zusätzlich meint sie, würde nach jedem Wasserlassen ein bisschen mehr Urin zurückbleiben, was zu einer Blasenentzündung führen würde. Mal abgesehen davon, dass bei einem Reststand von ein bis zwei Litern eine Kathederentleerung unvermeidbar sei. Wie üblich hat sie einen Lösungsvorschlag, den ich nur noch annehmen muss: »Wir legen einen SBK.« Aha, und was genau ist das wieder? Ganz einfach und schnell gemacht: Wir gehen über eine Öffnung in meiner Bauchdecke direkt in die Blase, legen dort einen zwölf Millimeter dicken Plastikschlauch hinein und versehen den am anderen Ende, welches aus dem Bauch schaut, mit einem Ventil, das ich zum Wasserlassen einfach öffnen und wieder schließen kann. Das hätte den Vorteil, dass ich, sobald ich ein entsprechendes Bedürfnis verspüre, erst mal ganz normal mein dafür vom lieben Gott vorgesehenes Körperteil nutzen kann. Wenn dann da nichts mehr kommt, kann ich den Rest über den Plastikausgang entleeren.

Ich stimme dem schriftlich zu und stelle meinen Bauch zur Verfügung. Mit der Hilfe des Pflegers werde ich zuerst mittels einer Spritze lokal schmerzfrei gestellt. Dann macht mir die Ärztin ein Loch in den Bauch bis in die Blase und bringt einen 50 Zentimeter langen Schlauch ein. Das Ganze dauert keine 20 Minuten. Der Schlauch und das Ventil sind blau, weil ich ja ein Junge bin. Gleich danach werden noch mal 700 Milliliter Urin abgelassen. Das hat sich also gelohnt. Wir beglückwünschen uns beide zu dieser Leistung.

Der Pfleger ruft den Krankentransport und ich werde mit meinem Bett, meinem Loch im Bauch und meiner Plastikurinentleerungsvorrichtung wieder liegend im Hochbett auf den Flur geschoben. So warte ich denn, bis mich jemand, also möglichst zwei Pfleger mit Transporter, abholen.

Nach wie vor ist auf dem Warteflur sehr viel los. Manche Patienten kenne ich schon vom Morgen, andere sind neu hinzugekommen. Die erste halbe Stunde vergeht. Die Mittagszeit ist lange vorüber. Essen und Trinken hat mir bisher noch niemand angeboten. Ich stehe längs zum Flur. Rechts geht mein Blick in eine innen liegende Terrasse mit Sitzgelegenheit und Schachbrett sowie einigen niedrigen Pflanzen. Es ist leicht regnerisches Wetter und ich kann von dieser Position aus den gegenüberliegenden Eingangsbereich, meine Seite und eine der Querseiten sehen. Das Ganze bildet ein Viereck mit dem beschriebenen Innenhof, der nach oben offen ist.

Die zweite halbe Stunde vergeht und ich frage mal bei einem Pfleger nach, wie lange es denn noch dauern wird. Er fragt nach und meint, nach der bisherigen Stunde wäre langsam mit einem Abholen zu rechnen. Tatsächlich muss ich noch anderthalb Stunden, also insgesamt zweieinhalb Stunden warten. Ich kann mir ja nach dem frischen Bauchloch nicht helfen und habe einen heiligen Zorn auf alle Krankenfahrer der Welt. Ich erfahre, dass ich nicht auf einen aus meiner Sicht *richtigen* Krankentransport der Profis vom *Roten Kreuz*, den *Maltesern* oder so warte, sondern auf den internen Fahrdienst der Uniklinik, für dessen Verspätung kein Mensch was kann und keiner verantwortlich zu sein scheint. Mein Nachfragen bei dem immer wieder mal auftauchenden Personal hat keinen praktischen Wert.

Gegen 15.00 Uhr kommen dann tatsächlich zwei Typen, die eher nach Praktikanten ohne Zukunft aussehen, schwergewichtig und schweigsam – Gott sei dank, denn Worte, die ich hätte erwidern müssen, wären nicht freundlich ausgefallen.

Nach der Rückkehr auf meine Station und in mein Zimmer, beschwere ich mich beim wachhabenden Pfleger, einem Mann in meinem Alter, der mir erfahren und sympathisch aussieht. Dieser erläutert mir, dass für diese schlechte Organisation seiner Meinung nach keine neuen Maßnahmen oder Dinge, die erst kürzlich eingeführt worden sind, verantwortlich sein können. Er arbeite seit über 40 Jahren hier und das sei schon immer so gewesen. Ich könne mich aber schriftlich bei der Klinikverwaltung beschweren. Danke, das lasse ich, da ich nicht glaube, damit etwas verändern zu können. Als eine bodenlose Frechheit empfinde ich das Ganze trotzdem.

Übrigens versorge ich das Stationspersonal am nächsten Tag mit einem ordentlichen Trinkgeld in die Kaffeekasse. Im Wesentlichen lassen die mir einfach meine Ruhe, wofür ich sehr dankbar bin. Wenn ich was brauche, bekomme ich es, und im Übrigen kann ich gegen die Regularien verstoßen wann ich will und andere nicht in Mitleidenschaft ziehe, also zum Beispiel aufstehen, waschen, auf Safari gehen beziehungsweise rollen, alles ohne Aufsicht und Begleitung. So habe ich wenigstens einen Rest von Möglichkeiten, Herr des Geschehens zu bleiben.

An diesem Tag bin ich seit der Einlieferung zum ersten Mal wirklich traurig und könnte weinen. Von hinten haben sie mich bis auf Mark und Knochen aufgeschnitten und von vorne ein Loch in meinen Bauch gemacht. Laufen kann ich nicht, pinkeln kann ich nicht und ich sehne die Nacht herbei, damit ich wenigstens schlafen kann und niemanden mehr sehen muss.

Am nächsten Tag geht das Theater weiter. Gleich morgens vor der Visite fragt mich einer der Assistenten, ob ich denn für einen Tag mein Zimmer mit einem anderen Patienten teilen würde. Sie hätten Belegungsprobleme und es wäre ja nur für einen Tag. Ich stimme zu und denke, etwas Abwechslung schadet ja nicht. Tut es übrigens im Ergebnis doch, alleine ist für mich echt am besten. Ich muss auf niemanden Rücksicht nehmen und kann meine Eigenheiten so leben, dass diese Tortur erträglich bleibt.

Der Mann, der kommt, ist supernett und umgänglich. Es stellt sich im Gespräch heraus, dass er Mitte 70 ist und ehemaliger Bauunternehmer, Hoch- und Tiefbau. Einer seiner Söhne, den ich dann besuchshalber auch kennenlerne, hat seit Jahren den Betrieb übernommen und leitet ihn erfolgreich. Er selbst plant jetzt einen Neubau im Stadtgebiet, da er gerne alle Zimmer auf einer Etage haben würde und eben mehr Möglichkeiten für sich selbst und seine Frau will. Diese wiederum sagt mit ihrer ganzen Körpersprache, dass sie schon froh ist, wenn er überlebt. Sein zweiter Sohn ist für einen großen deutschen Baukonzern in Afrika und verdient dort anscheinend sehr gutes Geld. Wir sind uns, glaube ich, mal abgesehen von der Generationsfrage, vom Typ her gar nicht so unähnlich. Er wurde vor zwei Tagen am Kopf operiert. Erst mal klärt er ab, ob ich auch frische warme Fleischkäsebrötchen aus dem Baumarktkiosk möchte und nachdem ich das Angebot annehme, ordert er diese über die Sekretärin des Baubetriebes. Seit Oktober letzten Jahres, erzählt mir seine Frau, wurde er mehrfach an allen Organen und jetzt zuletzt am Kopf operiert. Alle OPs habe er hervorragend verkraftet. Immer wären es verkapselte Krebsgeschwüre ohne Streuwirkung gewesen. Er will keine Chemotherapie, sondern denkt, dass dies die letzte Operation für ihn war. Als wir alleine sind, empfiehlt er mir, dringend Krebsvorsorgeuntersuchungen durchführen zu lassen. Das habe er versäumt und bereut es jetzt. Ich versichere, dass ich das alles tue, es mich ja aber, wie man unschwer erkennen kann, an anderer Stelle massiv erwischt hat.

Während ich auf Bewegungstour bin, kommen die Fleischkäsebrötchen, die ich dann nur noch halb warm genießen kann. Seine Sekretärin ähnelt meiner. Wir verstehen uns alle prächtig. Jetzt noch einen Schnaps und eine Weinschorle, und die Welt wäre wieder in Ordnung.

Unsere gemeinsame Zeit geht am nächsten Tag zu Ende. Wie versprochen bekommt der Mann ein anderes Zweibettzimmer und ich bin wieder alleine. Bei allem Wohlwollen, das ich in der kurzen Zeit entwickelt hatte, bin ich doch froh darüber, denn jetzt bin ich für mich, habe meine Ruhe und die brauche ich auch. Am nächsten, also diesem Tag, war schon Pizzaholen angesagt und das, ganz ehrlich, war mir zu viel Aktion. Ich mache also noch mein privates Ertüchtigungsprogramm, dann wird es Nacht und ich muss schlafen, denn morgen ist für mich wieder ein großer Tag. Die zweite Operation steht an.

Und wirklich, morgens um 7.30 Uhr, ich nüchtern – kein Schnaps, kein Wein, kein Frühstück –, werde mit meinem Bett, so wie ich bin, abgeholt. Das ist schon anders diesmal. Keine Not, kein *jetzt oder nie*. Bei vollem Bewusstsein stelle ich mich auf das Risiko der Operation ein, in der Hoffnung, das Richtige zu tun. So war es denn auch am Ende, denn heute kann ich dieses Buch persönlich mit eigener Hand schreiben, dabei auch – zumindest ein bisschen – laufen und mir im kleinen *Krankenlaufschritt* einen Kaffee dazu holen. Natürlich denke ich: So, ich werde operiert, alle Welt steht still und der Professor kümmert sich um mich ganz alleine. Das ist natürlich völlig daneben. Ich bin das siebte Bett in der Reihe von Patienten, die eine ähnliche Vorstellung vom Tagesablauf haben werden wie ich. Die Menschen sind unterschiedlichen Geschlechts, manche sind dement, andere nicht.

Widererwarten geht es zügig weiter und ich komme kurz vor neun an die Reihe. Vom Bett werde ich leicht auf der Längsseite angehoben und auf ein komfortables Förderband gerollt. Dies mit dem Hinweis, ich solle keine Angst haben. Habe ich nicht; das ist eines der Gefühle, das ich in all den Monaten niemals verspürte.

Es wird mir eine Narkoseinfusion angehängt. Ich soll zählen, fahre aus dem Raum und bin auch schon weggedöst.

Für mein Empfinden nur wenige Sekunden später werde ich wieder wach. Einige Menschen sind um mich und ich frage höflich an, wo ich denn sei und um was es gerade geht.

Die Antwort lautet, ich wäre nach einer glücklich verlaufenen Operation auf der Intensivstation und würde jetzt langsam wach werden. »Okay«, erwidere ich. »Warum bin ich hier? Ich fühle mich in keiner Weise krank und will auf mein Zimmer, und zwar sofort.« Es wäre üblich und normal, dass ich jetzt auf dieser Station bin und ich würde üblicherweise auch ein, zwei Tage hierbleiben. »Völlig falsch«, entgegne ich, denn ich will sofort auf mein Zimmer. Dann schlafe ich wieder ein.

Einige Zeit später werde ich erneut wach. Ein Zeitgefühl habe ich nicht mehr. Jetzt bin ich aber einigermaßen munter und stelle fest, dass ich auf der Intensivstation bin, voll verkabelt, kann mich also nicht bewegen – und es ist noch hell.

Der wachhabende Stationsarzt erkennt, dass ich wach bin, legt mich auf die linke Seite und macht mir einen neuen Verband auf meine Wunde, da der bisherige durchgeblutet sei. Soweit so gut, aber wann komme ich endlich auf mein Zimmer?

Schon bald kommen zwei Ärzte und positionieren sich am Fußende meines Bettes. In diesem Zimmer sind vier Patienten untergebracht. Ich liege, wenn man durch die Tür vom Flur aus reinkommt, direkt links. Zuerst kommt so ein kleiner Arbeitsplatz für das Überwachungspersonal, welcher mit einer halbhohen Mauer abgetrennt ist, und dann stehe ich da. Links von mir ist noch ein Bett und gegenüber auch noch zwei. Überall hängen Bildschirme, auf denen unsere Vitalwerte angezeigt werden.

Die Ärztin, die da steht, ist die derzeit verantwortliche Stationschefin und der andere ein Kollege; beide haben den gleichen Auftrag. Sind in einer wichtigen Mission unterwegs und jetzt an meinem Bett, um diese zu erfüllen.

Die aktuelle Lage sieht wie folgt aus: Während meiner Operation, die vom Professor ja persönlich durchgeführt wurde, wäre das CT-Gerät ausgefallen. Jetzt seien keine Bilder vom Ergebnis verfügbar und das sei ganz schlecht. Mal abgesehen davon, dass die weitere Behandlung damit erschwert würde, ist ja auch meine Akte so nicht vollständig und vor allem – »Verstehen Sie?« – wird mir deutlich gemacht: Der Chef hat keine Bilder von dem, was er gemacht hat.

Aha, und nun?

Ja, also, mein Einverständnis vorausgesetzt, würden mich die zwei gerne noch mal in den OP-Saal rollen, um die Aufnahmen zu machen. Geht ganz schnell und, na ja, sie wären mir sehr, sehr dankbar, weil der Professor dann seine Bilder hätte und die Mission erfüllt sei. Ich wittere eine gute Möglichkeit. Wenn ich einverstanden bin, so fordere ich im Gegenzug, will ich im Anschluss an das Prozedere wieder auf mein Zimmer kommen. Denn wer rumfahren kann zum Bilder machen, der kann auch aufs Zimmer fahren, argumentiere ich. Die beiden sehen das sofort ein, können mir aber nichts zusagen, da diese Kompetenz nur dem Professor zusteht. Sie würden sich aber beide sofort und nachhaltig für mich einsetzen. Ich bin ein Fan von *Tatort*-Krimis und habe dort oft gesehen, dass den Beschuldigten für die Mitwirkung bei der Aufklärung von Verbrechen auch eine solche Zusage, nämlich dass die Kommissare sich beim Staatsanwalt einsetzen werden, gemacht wird. Ein Deal also. Das scheint mir erprobt und geht immer gut. Okay, wir wiederholen noch mal, was folgen soll: Ich liege weiterhin im Bett, es geht zum Röntgen und nach dem Bildermachen eilen beide zum Professor, um sich für meine Verlegung einzusetzen.

Der Arzt will meinen Bildschirm aus der Aufhängevorrichtung nehmen, damit ich nicht abgekabelt werden muss. Geht aber nicht, weil dann auch die Stromzufuhr unterbrochen wäre und die Geräte und Kabel ja auch nicht mit aufs Bild sollen. Alles soll ja später so aussehen, als ob es schon vor Stunden gewesen wäre. So erfahre ich auch nebenbei, dass die OP zweieinhalb Stunden gedauert hat.

Ich werde also von allen Kabeln befreit und der Arzt zieht mein Bett Richtung Tür. Die Ärztin übernimmt das Kopfende. Auf dem Flur werde ich gedreht. Jetzt zieht die Ärztin mein Kopfende einige Meter über den Flur, um in eine Türöffnung einzuschwenken, was ich aber nicht sehen kann. Dabei stößt sie das Bett an den Türrahmen. Der Arzt am Fußende beruhigt mich. Die Erschütterung würde nichts ausmachen. Die Metallklammer in meinem Rücken sei fest verschraubt. »Da passiert schon nichts«, meint er. Wirklich begeistert bin ich davon nicht.

Es geht wieder zu diesem Förderband, auf welches ich am Morgen zum Operieren gelegt wurde. Pech nur, dass dieses Band gerade nicht funktioniert. »Können sie sich auf die linke Seite legen?«, werde ich gefragt? »Ja okay«, sage ich und mache es dann auch. Die zwei schieben mich dann auf diesen besonderen Tisch. Mittlerweile sind zwei Röntgenmenschen aufgetaucht. Ich werde zum Röntgengerät gebracht. Das sieht aus wie ein halber Ring, der rechts und links auf Schienen läuft. Meine OP-Plattform steht fest in der Mitte und der Ring soll von oben nach unten fahren und so meinen Rücken ablichten. Ob ich mich denn auf den Bauch drehen könne, weil so auf der Seite geht das mit den Bildern schlecht. *Na ja*, sage ich, *daran soll es jetzt nicht scheitern.* Eine Vierteldrehung bringe ich noch hin. Gesagt, gerollt und schon liege ich auf dem Bauch. »Ist alle in Ordnung bei Ihnen?«, werde ich gefragt. »Alles bestens«, sage ich. Kein Druckgefühl, kein Schmerz, bäuchlings erscheint mir wesentlich besser als Rückenlage. »Warum werden denn nicht alle Patienten mit Rückenwunden auf den Bauch gelegt?«, frage ich. Die Antwort allerdings gibt mir niemand.

Der Röntgenapparat wird aktiviert und bewegt sich nicht. Es sieht so aus, als ob der immer noch defekt wäre. Das findet jetzt wirklich keiner der Anwesenden besonders prickelnd. Sehr zerknirscht fragt der Arzt den Röntgenmenschen, was wir jetzt noch tun könnten. Anstelle des Röntgenfuzzis antworte ich klarstellend, dass ich für meinen Teil jetzt genügend getan hätte und von mir keiner mehr was erwarten kann. Tatsächlich, das sehen die ein. Dann hat einer eine Idee. Jeweils zwei stellen sich an meine rechte und linke Seite und ziehen mich an meinem Laken einen Meter nach unten, dann würde ich für die Aufnahmen perfekt liegen. Eine wirkliche Wahl habe ich nicht und zustimmen muss ich auch nicht. Die wollen das jetzt auch endlich irgendwie hinter sich bringen.

Meine Beine hängen ab Mitte Oberschenkel in der Luft, nachdem ich nach unten gezogen wurde, da das Bett ja ein Ende hat. Dazu sage ich abschließend nur: »Bei euch geht es ja wirklich ganz schön zu.«

»Na ja«, meint der Arzt, »im Normalfall wären Sie ja unter Narkose und würden das alles gar nicht merken.«

Das ist sicher richtig, denke ich mir, ob das aber wirklich Sinn und Zweck einer ordnungsgemäßen Behandlung und eines ordnungsgemäßen Operationsablaufes ist, wage ich zu bezweifeln.

Nach ein paar Sekunden sind dann die Aufnahmen im Kasten und ich werde, denn das ist ja jetzt von der Viererbande erprobt, über das Laken leicht angehoben und auf mein Bett zurückgehievt. Ehrlich, ich bin ganz schön froh, dass mein erster Ausflug, keine sechs Stunden nach der OP, zu Ende ist.

Ohne weitere Zwischenfälle fahren die beiden Ärzte mich zurück auf die Intensivstation. Dort warte ich auf meine Verlegung.

Kurz vor 20.00 Uhr kommt der Professor um nach mir zu sehen. Zwei Nachrichten hat er für mich. Die Gute ist, die Operation ist glücklich verlaufen. Die Bilder wären hervorragend und damit vorerst alles perfekt. Das mit der Verlegung in mein Zimmer allerdings wäre nicht möglich, weil mein Zimmer schon anderweitig belegt wurde. Pech aber auch. Er könne mir anbieten, mich zu einer Patientin in ein Zweibettzimmer zu legen. Ob er mir das aber empfehlen soll, weiß er nicht. Immerhin sei ich frisch operiert, brauche eigentlich Überwachung und wäre, das sagt er zwar nicht, meint es aber, für einen Mitpatienten im Zimmer auch eine Zumutung. Er sagt mir aber fest zu, dass ich direkt am nächsten Morgen auf mein Zimmer kommen würde. *Gut*, denke ich, *die Nacht wird herumgehen.* Da ich noch nie eine Nacht auf einer Intensivstation verbracht habe, schätzte ich die Lage jedoch völlig falsch ein.

Verarscht fühlte ich mich obendrein auch. Mir kann keiner erzählen, dass das alles nicht genauso geplant und organisiert war. Zufall war das sicher nicht. Für alle Zukunft schwor ich mir, diese Dinge vor jeder OP zu klären und das kann ich auch jedem anderen empfehlen.

Bei meiner Unterschrift wird in Zukunft stehen, was wann wo mit mir geschieht und Intensivstation nur noch bei medizinischer Notwendigkeit und nicht, weil es diesem Krankenhaus und seinen verantwortlichen besser in den Organisationsplan passt. Verarschen kann ich mich selbst.

Eine Pflegerin und ein Pfleger versorgen in den nächsten Stunden die anderen Patienten im Zimmer. Direkt gegenüber liegt eine alte Frau, die anscheinend an Demenz leidet. Sie will immer ihre Tochter sprechen und wissen, wann diese jetzt endlich zu Besuch kommt. Die Tochter habe das fest zugesagt. Das erzählt sie immer jedem, der den Raum betritt. Irgendwann hat sie dann die richtige Schwester erwischt. Diese erklärt ihr unmissverständlich, dass sie keinen Kontakt zur Tochter habe und davon dementsprechend auch nichts wissen kann. Allerdings hätte sie eine Nichte in Koblenz erreicht. Diese wäre in vollem Umfang informiert. Sie könne jederzeit dort Rücksprache halten. Allerdings käme auch diese Nichte jetzt nicht auf Besuch. Daneben liegt ein alter Mann, der sich auch nicht mehr selbst helfen kann. Dieser wird mit Brei gefüttert und medizinisch versorgt. Danach werden seine Windeln gewechselt. Er wird sauber gemacht und sein Bett wird frisch überzogen. Links von mir liegt eine alte Frau, die anscheinend nicht mehr aktiv am Geschehen teilnimmt. Sie wird über eine Magensonde ernährt, liegt im Übrigen still und ohne Zähne, hat die Augen zu. Auch Sie wird von vollen Windeln befreit, gewaschen und das Bett wird frisch überzogen. So gehen nach meiner Schätzung zwei Stunden durchs Land. Ich bin müde und hoffe, dass ich jetzt schlafen kann.

Die Schicht wechselt und die beiden bisher Zuständigen werden durch eine Schwester ersetzt. Die Neue wird in den aktuellen Stand der Patienten eingeführt. Damit dabei auch nichts schiefgehen kann, trägt das Pflegepersonal während der Schicht alles in eine Kladde ein, die am Fußende des Bettes befestigt ist.

Nachdem die beiden weg sind, beginnt die Neue erst mal alles, was die anderen beiden bisher erledigt haben, zu überprüfen. Das geht bei ihr nicht ohne ständige Selbstgespräche. Dabei schimpft sie ohne Unterlass über die Fehler und die Unfähigkeit ihrer Vorgänger. Gleichgültig, ob irgendetwas von ihr ausgeht oder ein Patient offensichtlich etwas benötigt, mault und quengelt sie rum. Zickig ohne Ende. Ich bin wirklich nah dran, ihr meine Meinung zu sagen. Allerdings denke ich, bin ich völlig handlungsunfähig und ihr ausgeliefert. Also halte ich meinen Mund. An schlafen ist nicht zu denken. Da sie alles neu macht und auch Windeln wechseln muss, ist an einem der Betten immer etwas los. Die Alte links von mir zieht sich ständig aus. Die Schwester schimpft und zieht sie wieder an. Die macht in die Windeln und die Schwester muss das Bett neu machen, da die vorherige Schicht die Gummieinlage vergessen hat. Der alte Mann schnarcht wie ein Berserker und wenn er das nicht tut, ruft er ständig: »Hallo, hallo, hallo …« So geht das Stunde um Stunde.

Irgendwann gegen Morgen rufe ich die Schwester. Meine Wunde tut weh. Der Verband drückt und ich bitte sie, mal nachzusehen. Das macht sie auch, zieht das Leintuch gerade und erklärt mir, das Laken hätte eine Falte geschlagen und diese Falte hätte ich gespürt. Es tut aber immer noch weh und ich nehme das mit großer Skepsis zur Kenntnis, kann aber nicht mehr tun. Ich werde jetzt auch sehr unleidlich. Mir geht es wirklich schlecht. Ich bitte darum, noch mal eine Schmerzmittelinfusion zu bekommen. Die Schwester will das gleich veranlassen. Ich weise darauf hin, dass ich am besten *Novalgin* vertrage. Bei dem anderen üblichen Schmerzmittel, dessen Namen ich nicht kenne, besteht die Gefahr, dass ich Durchfall kriege und das wäre nicht gut. Sie antwortet, dass sie immer nur geben könne, was der Arzt verordnet hätte, und das ist eben das andere Mittel. Ich sage ihr klar und deutlich, dass es sicher weder ihr noch mir Freude bereitet, wenn ich ins Bett mache. Jetzt ist sie eingeschnappt, macht einen Vermerk am Fußende und erklärt, dass sie dann die Genehmigung der Ärztin, die jetzt zuständig sei, brauche und das könne dauern.

Von der ganzen Sache höre ich nie wieder etwas. Ich bin stinksauer. An Schlaf ist weiterhin nicht zu denken. Auf einmal sehe ich auf meinem Überwachungsbildschirm, dass mein unterer Blutdruckwert auf 150 und mein oberer Wert auf 190 steigt. Ich frage die Schwester, ob das normal sei. Sie erwidert, bis 160 wäre das kein Problem. Ich beschließe zu sterben, um dieser Zicke und der ganzen Welt diese unglaubliche Sache sowie deren fatale Auswirkungen vorzuführen. Sie kommt dann doch und richtet einen der Verkabelungsdrähte, den ich durch mein ständiges Umdrehen im Bett herausgerissen habe. Ich rede bis zum nächsten Morgen kein Wort mehr.

Langsam wird es hell und die nächste Schicht rückt an. Zwei Frauen, ausnehmend gut gelaunt, lassen sich die Patienten übergeben und beginnen dann irgendwann mit den morgendlichen Aufgabenstellungen. Nach anderthalb Stunden, so gegen halb acht, bin ich dann dran. Ob ich gewaschen werden will, fragt eine der beiden. »Nein, ich wasche mich grundsätzlich nicht«, antworte ich. Sie merkt: Da stimmt was nicht. Eine halbe Stunde später kommt sie und fragt, ob und was ich frühstücken möchte. Ich erkläre ihr, dass ich erst dann etwas esse und überhaupt zu irgendwas bereit bin, wenn ich weiß, wann ich auf mein Zimmer kann.

Es vergeht wieder eine Weile und dann kommen die Götter in Weiß vorbei. Es ist Visite angesagt, zwei oder drei Ärzte mit Gefolge. Darauf habe ich nicht wirklich geachtet. Vermutlich war mein Adrenalinspiegel so hoch, dass ich nicht weiß, sondern nur rot sehen konnte. Wie es mir denn geht? »Oh«, sage ich, »mir geht es gut. Die Schmerzen sind mittlerweile erträglich und ich fühle mich gesund und munter.« Das freut alle sehr und sie wollen sich in dem nächsten Patienten widmen. »Halt!«, rufe ich. »Nur zur allgemeinen Information: So zwischen 10 Uhr und 10.30 Uhr, so genau kann ich das derzeit noch nicht sagen, werde ich hier ausziehen. Das tritt ein, wenn ich bis 10 Uhr nicht entweder mein Zimmer habe oder auf dem Flur in meiner Station bin. Und glauben Sie mir, das ist mein Ernst.« Die Damen und Herren nehmen das zur Kenntnis, schauen verstört in die Welt und ziehen weiter. Mir geht es deutlich besser.

Kurz vor neun Uhr spricht mich der jetzt amtierende Stationsarzt an, erklärt, ich würde auf Station verlegt, und will mit mir nach vorliegender Liste eine Auscheckuntersuchung machen. Da ich nichts Weiteres vorhabe, bin ich erst mal froh, wenn ich hier weg bin und beantworte gerne seine Fragen zu meinem Gesundheits- und Gemützustand sowie meiner körperlichen Funktionalität. Ein paar der ersten markanten Fragen sind, ob ich meine Zehen bewegen könnte und ob ich noch eine Erektion hätte. Das Erste kann ich mit Ja beantworten. Er ist sichtlich erfreut, denn, so meint er, das hätte anders ausgehen können. *Super!*, denke ich, *Arschloch!* Das Zweite kann ich nicht beantworten, da mir hierzu die Gelegenheit bisher gefehlt hat. Wer bekommt denn unter derartigen Umständen eine Erektion? Das versteht er und nickt. Ich denke, der hat einen Vollschuss und ist in der neurologischen Abteilung, aber als Patient, völlig richtig.

Dann geht das doch alles sehr fix und nach zehn Minuten kommt eine der beiden Schwestern, verkleidet als FCK-Fan, und fragt, was ich wohl für ein Fußballfan wäre und ob ich jetzt frühstücken würde. Die Erklärung für das FCK-Ratespiel ist einfach: Einer meiner Geschäftspartner weiß, dass ich in diesem Krankenhaus bin. Er fragt seinen Freund, eben den Mann dieser Schwester, nach mir, und der wieder beauftragt seine Frau, mich zu finden. Nun, das ist geglückt. Obwohl ich nicht wirklich Fan bin, bestätige ich. Ärger hatte ich ja jetzt genügend. Diese kleine Notlüge scheint mir angemessen. Frühstücken will ich, ja. Alle meine Bedingungen zur Aufhebung meines kleinen Hungerstreiks wurden ja erfüllt. Sie ist echt lieb, bringt mir alles an mein Bett und klappt dort einen Tisch aus. Ich setze mich auf und bin bester Dinge. Frischer Kaffee, Brötchen und Entlassung aus dieser Folterstation. Super!

Sie fragt dann, wieso ich so schlecht gelaunt sei. Gut, eine Nacht auf der Intensivstation, da müssen alle durch. Ich frage mich warum. Bewegte Nacht, na ja, ich erkläre, ihre Kollegin von der Nachtschicht wäre auch nicht gerade ein Wonneproppen gewesen. In diesem Moment geht sie um das Bett, sieht mich sitzend von hinten, erschrickt und ruft: »Was ist das denn? Sie haben ja noch den völlig durchbluteten Druckverband von der OP. Damit konnten sie doch unmöglich schlafen, das muss doch sehr geschmerzt haben?« Ich bin konsterniert. »Genau«, sage ich, während mein Blutdruck steigt. Ich könnte die Alte von der Nachtschicht umbringen. Dann erkläre ich, wie sich das verhalten hat, mit der Falte im Laken und so. Ohne weiteren Kommentar sind wir uns einig: Das war eine echt bescheidene Leistung der Nachtschwester. Sie wechselt mir dann den Verband und ich bin ihr sehr dankbar. Im Anschluss frühstücke ich in Ruhe und warte ab, was geschieht.

Nach etwa einer Stunde, gegen zehn, werde ich dann tatsächlich von einer Pflegerin aus meiner Station herausgeholt, in der persönlichen Hoffnung, während meines Lebens nie wieder eine Intensivstation sehen zu müssen. Gleichzeitig mit dem inneren Versprechen, jedem Familienangehörigen, Freund, Bekannten, Unbekannten und sonstigen anzuraten, wenn es nicht medizinisch unbedingt erforderlich ist, sich selbst davor zu bewahren. Die ist ein wesentlicher Grund für dieses Buch: *Vermeide Intensivstationen!*

Das Bett und ich wir rollen in die relative Freiheit. Eine halbe Stunde etwa, dann komme ich in Zimmer 17. Das liegt genau neben Zimmer 16, meiner alten Behausung. Noch habe ich einen Mitbewohner. Ein älterer Mann, der an der Halswirbelsäule operiert werden soll. Er wartet schon einen Tag ohne Essen, dass es endlich losgeht. Irgendwelche Komplikationen haben dazu geführt, dass er immer noch in Lauerstellung ist. Ich nehme zur Kenntnis: auch im OP gibt es ein *Overbooking.* Dann schlafe ich erst mal eine Runde. Im Halbschlaf bekomme ich mit, dass der Mann abgeholt wird.

Im Laufe des Nachmittags treffen alle meine Sachen ein. Diese waren sorgfältig verpackt worden, damit ich sie im Falle meines Überlebens wieder in Empfang nehmen kann. Soweit so gut. Der erste Tag nach der zweiten OP ist also fast um. Ich esse noch was, diesmal wieder sitzend am Bett. An diesem Abend mache ich gegen 20 Uhr Schluss und lege mich hin. Licht aus. Schlafen.

Am nächsten Tag geht dann die Nachsorge los. Erst mal wird mein Urinbeutel entfernt und ich bekomme wieder den SBK. Das macht es mir auch insgesamt leichter, das Bad zu benutzen, vor allem mich zu reinigen. Die Physiotherapeutin, die mich auch vor dieser OP betreut hat, fängt wieder an, einmal am Tag mit mir zu arbeiten. Ich mache wieder Ausflüge und vor allem interessiert mich natürlich, wie es jetzt weitergeht. Der Professor rät mir zu einer Anschluss-Reha. Wo genau, weiß kein Mensch. Verschiedene Kliniken, die vom Hörensagen gut sein sollen, werden empfohlen. Meine Angehörigen und ich befragen *Dr. Google* und versuchen zu ergründen, welche Reha Klinik wohl die richtige sei. Ich gewinne dabei immer mehr den Eindruck, dass das am Ende alles ein reines Glückspiel ist.

Nachdem ich nach zwei Tagen immer noch nicht weiter bin, wundert sich der Professor, warum der Soziale Dienst sich noch nicht um mich gekümmert hat. Davon höre ich das erste Mal. Ich erfahre also von einer Sozialarbeiterin, die sich am nächsten Tag gegen Mittag bei mir vorstellt, dass sie dafür zuständig sei, mir bei der Einleitung einer Reha-Maßnahme behilflich zu sein. Die Klinik müsse ich mir aber raussuchen. Dann würde sie die Kostenübernahme mit meiner Krankenkasse klären und dann wieder den Zeitpunkt, zu dem ich mit der Reha anfangen kann, mit der Klinik klären. Dabei wird mir klar, dass Zeit hier anscheinend gar keine Rolle spielt.

Durch die Intransparenz kann ich im Ergebnis nicht feststellen, welche Klinik für meine Lähmungen die besten Rehabilitationsprogramme bietet. Ein Buch mit sieben Siegeln. Die Sozialarbeiterin geht wohl stillschweigend davon aus, dass ich noch zwei, drei Wochen bleibe, dann entlassen werde und eben irgendwann danach die stationäre Reha antrete. Die spinnt. Nach nochmaligem Überlegen und Prüfen der Internetweiten entscheide ich mich noch am selben Tag für eine Klinik, die in der Nähe des Wohnortes meines Sohnes liegt. Damit kann ich wenigstens gut Kontakt zur Außenwelt halten und habe Hilfe, wenn ich etwas brauche.

Dort rufe ich am nächsten Morgen selbst an und spreche mit der Disposition. Nachdem klar ist, dass ich Privatpatient bin und auch chefärztliche Leistungen sowie ein Einzelzimmer in Anspruch nehmen werde, kann sie mich einordnen und meint, in zwei Wochen wäre dann ein *Einrücken* möglich.

Am nächsten Vormittag bekommt die vom sozialen Dienst dann von mir die Informationen zur Rehaklinik. Wir vereinbaren, dass sie jetzt die weiteren Formalitäten erledigt. Davon höre ich dann wieder erst mal zwei Tage nichts mehr. Ich spreche sie dann auf dem Flur an und frage, wann sie denn gedenkt ihren Job zu erledigen. Sie reagiert verstimmt, sagt aber, gerade wäre ein Fax gekommen, das sie noch nicht gelesen hätte. Sobald sie wieder im Büro sei, würde sie das an mich weiterleiten – also morgen, denn sie habe jetzt Feierabend.

Am nächsten Tag also erfahre ich, dass die Kostenübernahmeerklärung von meiner Krankenkasse da sei und die Klinik mir mit genauer Datumsangabe den Rehabeginn bestätigt hat. Da bin ich echt froh. Ich will, dass endlich was passiert. Laufen kann ich nicht. Die Lähmungen sind nach wie vor da und meine Blase funktioniert nicht. Das kann ja so nicht ewig weitergehen.

Wir machen natürlich jeden Tag einmal 30 bis 45 Minuten. Physiotherapie. Das sind im Wesentlichen Geh-Übungen. Am Anfang hatte ich ja nur den Rollstuhl, an diesem haben wir die Fußrasten, auf denen man seine Füße abstellen kann, abmontiert. Jetzt stehen meine Beine praktisch auf dem Boden und ich kann beim Rollstuhlfahren mitlaufen. Nach ein-, zweimal den Flur rauf und runter bin ich in der Lage, mich auf ebener Strecke mit meinen Füßen als Antrieb vorwärts zu bringen. Immerhin ist das ja schon mal was.
Einer meiner Ausflüge war besonders lustig. Es war Faschingsdienstag und die Putzfrau hatte sich mit einem Ganzkörperkostüm in eine große weiße Maus verwandelt, huschte so mit ihrem Putzwagen von Zimmer zu Zimmer und immer wieder über den Flur. Die Stimmung war entsprechend locker und ausgelassen.

Mittlerweile habe ich auch einen Rhythmus gefunden, um zwischen den drei Malzeiten am Tag, der Visite am Morgen, der Physiotherapieanwendung und meinem persönlichen Trainingsprogramm, wichtige geschäftliche Dinge zu erledigen. Da müssen Akten bearbeitet werden und Briefe geschrieben. Die diktiere ich und verschicke sie per Smartphone zum Schreiben in mein zentrales Sekretariat. Mit meinem Laptop kann ich in meine persönlichen E-Mails aber auch in weitere E-Mail-Eingänge der Firmengruppe sehen und bleibe so jederzeit auf dem Laufenden. In der Regel bin ich mit allem immer ein paar Tage im Rückstand, was aber keinen Beinbruch darstellt, weil alle Führungskräfte, mit denen ich normalweise die geschäftlichen Aktivitäten plane und umsetze, sich darum kümmern, dass alles funktioniert und nichts anbrennt. Was dann noch übrig bleibt, kann ich mit drei bis vier Stunden Zeiteinsatz pro Tag erledigen.

Was ich besonders genieße ist, dass ich neben all dem noch ausreichend Zeit habe, Bücher zu lesen. Ich kann jederzeit auf einen E-Book-Reader zugreifen, den mir ein sehr guter und lieber Freund letzte Weihnachten geschenkt hat. Mit diesem Freund stehe ich auch alle paar Tage in telefonischem Kontakt. Er weilt seit Ende Januar mit seiner Frau auf einer der Kanarischen Inseln. Dieser Freund erprobt dort für sich, ob es für ihn gut zu leben ist, wenn er sich mindestens mal über Winter oder für einige Wochen im Jahr immer wieder in einem Klub einmietet, also eine Art Hotelleben auf Zeit führt. So wie er berichtet, findet er das sehr angenehm und genießt den Aufenthalt in vollen Zügen. Ich gönne ihm das sehr. Er lädt mich auch gleich im ersten Telefonat zu sich ein. Ich erkläre ihm sehr detailliert meinen Gesamtzustand, was noch geht und was nicht. Die Erfüllung seines Besuchswunsches wird also noch einige Zeit warten müssen, allerdings reizt mich der Gedanke der Reha auf den Kanaren schon und aus früheren gemeinsamen Reisen weiß ich, dass wir gut miteinander auskommen.

Ich bin wirklich von Herzen froh, dass ich viele gute Freunde habe, die sich auch alle gerne um mich kümmern wollen. Eine Handvoll davon bieten das auch sehr vernünftig an, also mit Maß und Ziel und vor allem nach meinen Bedürfnissen. Das lasse ich dann auch gerne zu, zeige, wo es bei mir gerade klemmt, und lasse mir helfen. Alle anderen schalte ich freundlich aber bestimmt ab. Erst mal stelle ich alle meine Kontaktmedien auf lautlos. Ich sehe nach, wenn ich will, und mag es nicht, wenn durch ein unaufgefordertes Klingeln, Piepen oder sonst was mir mitgeteilt wird, wenn jemand etwas von mir will. Es reicht völlig aus, wenn ich dann Nachrichten bekomme, wann ich es will, und diese eben dann verarbeite, wenn ich dazu in der Lage bin.

Einigen guten Freunden erkläre ich auf die jeweils passende Art, dass es mir sehr gut geht. Ich bin nicht krank, sondern aufgrund einer eben plötzlich aufgetretenen fast vollständigen Querschnittslähmung behindert. Nicht mehr und nicht weniger. Dass ich meine Zeit zuerst einmal für mich einsetzen muss und mich melden werde, wenn ich es für notwendig erachte. Das klingt vielleicht zunächst sehr egoistisch, entspricht aber den Anforderungen, die für mich jetzt erfüllt sein müssen, damit es mir gut geht. Wenn also jemand ehrlich meine Besserung will, soll er mich einfach in Ruhe lassen. Es ist auch ziemlich sinnlos und deprimierend obendrein, wenn ich mich mit jemandem ausführlich austausche und der dann jeden zweiten Tag fragt: »Wie geht es dir?« *Ja wie wohl, genauso wie vorgestern. Lass mich in Ruhe.*

Nachdem ich dieses Konzept dann umgesetzt habe, geht es mir besser. Ich unterliege nicht mehr dem Zwang, alles an Zuwendung, Zuneigung und Forderungen erfüllen zu müssen, damit die anderen mit meiner Freundschaft zufrieden sind, um für ein paar Tage einen Haken an unsere Sache *Freundschaft* machen zu können.

Da sind dann auch die Zufallsgeschenke des menschlichen Miteinanders eher etwas, das mir Freude bereitet. So zum Beispiel ein

Freund von mir, der mich zum zweiten Mal und diesmal wirklich unerwartet an einem Abend gegen 19.00 Uhr besucht. Das ist eigentlich für die Krankenhauswelt eine Unzeit. Um 17.30 Uhr gibt es Abendbrot dann wird abgeräumt, dann ist erst mal Ruhe und irgendwann nach 20 Uhr fragt noch mal jemand vom Pflegepersonal, ob für die Nacht noch Wünsche bestehen beziehungsweise etwas gebraucht wird. Im Übrigen herrscht Ruhe, mit Lesen und Fernsehen. Ich weiß natürlich, dass gerade dieser Freund sich mehr schlecht als recht mit wenig finanziellen Mitteln durchs Leben schlägt. Körperlich dauerhaft sehr mitgenommen, ist er nicht in der Lage, irgendeine bezahlte Arbeit auszuüben. Er bekommt eine Erwerbsunfähigkeitsrente. Seine Frau ist Ausländerin und selbstständig. Zwei erwachsene Kinder, die leider auch noch kein Einkommen erzielen, kommen dazu. Glück nur, dass er ein eigenes Haus, einen alten Bauernhof hat und wenigstens mietfrei mit seiner Familie wohnen kann. Also dieser Mensch hat zum zweiten Mal 100 Kilometer Fahrt und Kosten in Kauf genommen, um mich zu besuchen. Ich freue mich sehr und wir besprechen die neuesten Geschichten aus meinem Wohnort, die ich ja leider derzeit nicht mitgestalten kann. Dann kommen wir langsam zum Highlight des Abends, ja eigentlich des ganzen Tages: Er erklärt mir, dass dieser Tag sein silberner Hochzeitstag sei, zieht einen Flachmann und wir lassen den guten selbst gebrannten klaren Obstschnaps hin und her gehen, bis das kleine Fläschchen leer ist. Wir stoßen auf ihn und auf mich und unsere Gesundheit an. So sind wir fröhlich miteinander und irgendwann, so nach zwei Stunden, tritt er wieder die Heimreise an. Ich bleibe brav zurück und liege zu Bett.

Am nächsten Sonntag ist wirklich gar nichts los. Einen Tag vorher hatte ich mich mit meinem Rolli in die offene Psycho-Abteilung verfahren. Das war echt beeindruckend und deprimierend zugleich.

Menschen in meinem Alter spielten Memory und freuten sich wie die kleinen Kinder. Andere wieder führten Gespräche, von denen sie inhaltlich keine Ahnung hatten, davon aber jede Menge. Also wieso der Euro warum wie steht und was wir so alles verlieren in Europa und »Du glaubst doch nicht, dass ich noch mal einen Strich arbeite, wenn die da oben unsere Mark erst mal halbieren und dann auf unsere Kosten Politik machen.« Ja, so ist das, in anderen Ländern müssen die Armen und Kranken sehen, wie sie über die Runden kommen, wenn einer nicht in das politische System passt, wird er umgebracht, Flüchtlinge sterben zu Tausenden auf der Flucht, aber hier weiß man gut genährt in aller Wärme sitzend und im Trainingsanzug, wie die Welt in Wahrheit funktioniert. Einfach schade finde ich, dass es gegen Dummheit und Ignoranz kein Mittel gibt. Über den tatsächlichen Gesundheitszustand dieser Leute lässt sich sicher nachdenken.

Diese *Offene* liegt ein Stück hinter dem Ein- beziehungsweise Ausgang und ich will mal raus. Es ist ein kalter aber sonniger Sonntag. Restschnee liegt noch ganz ordentlich rum. Wir sind mit dem Klinikkomplex mitten im Wald, entsprechend ist die Witterung. Ich rolle und laufe also die Einfahrt raus, links eine Auffahrrampe runter zum Kiosk. Nur leider steht am Kiosk, dass Sonntags geschlossen ist. Wo ich mir doch denke, dass gerade heute viele Patienten ihre Ausflüge machen und ein Geschäft zu machen wäre. Na ja, ich bin weit und breit alleine. Schade, Kaffee und Kuchen hätte ich gerne genossen. Ich rolle mich also weiter, soweit es geht, um unseren Klinikbau im Uhrzeigersinn herum. Es geht leicht abwärts und dann bin ich in einer Sackgasse gelandet. Es geht nicht weiter. Gut, ich mache ein Selfie von mir, versende das an Freunde, bekomme Selfies zurück und mache mich auf den Heimweg. Es ist das erste Mal, dass ich mit einem Rollstuhl in freier Wildbahn auf Safari bin. So lerne ich, dass das ganz schön anstrengend ist. Vor allem die Rampenauffahrt ist schwer zu nehmen, da ich es nicht schaffe, wenn ich mich zurücklehne – und lehne ich mich zu weit vor, drohe ich zu kippen.

Meinen sonntäglichen Ausflug ohne Kuchen und Kaffee beende ich erfolgreich. So zwei Stunden war ich alles in allem unterwegs. Als nächsten Schritt versucht dann die Physiotherapeutin, mich an so eine Art *fahrendes Rednerpult* zu stellen. Die Auflageflächen sind in Brusthöhe und ich kann meine kompletten Unterarme auflegen. So kann ich mehr oder weniger mein ganzes Gewicht vom Oberkörper auf die Arme verlagern, meine Beine entlasten und stehen – nicht wirklich, aber immerhin. Jetzt geht es also morgens einmal mit diesem Hilfsmittel auf die Flure unserer Klinik. Dabei sind noch ein lernender Physiotherapeut und ein Schüler, der sein Praktikum macht – ein interessierter Junge, zwölf Jahre alt und vor allem fröhlich. Unser Viererteam erobert also die Welt.

Danach geht es wieder in die horizontale Lage und für die üblichen Dinge, die ich zu erledigen habe, in den Rollstuhl. Allerdings diesmal nicht für lange. Noch am gleichen Tag besorge ich mir einen echten Rollator, mit der Möglichkeit mich hinzusetzen, wenn es nicht mehr geht, und einem Körbchen für meinen Kram, mein Buch und mein Handtuch – man weiß ja nie. Es ist heftig anstrengend und ich schaffe auch nur einen Rundlauf bis zum Eingang der Klinik und zurück. Nachdem ich aber bis gestern nicht mal stehen konnte, bin ich sehr zufrieden mit mir.

Am nächsten Tag überrasche ich meine Physiotherapeutin mit dieser wunderbaren Entwicklung. Dabei nehme ich den Anschiss wegen der unabgesprochenen Ausweitung meines Rehaprogrammes gerne entgegen. Wir sind beide froh, dass ich wieder laufen kann. Sie erzählt mir, dass sie schon einmal so einen schweren Fall gehabt hätte und der wäre nach etwa einem Jahr fast wieder vollständig bewegungsfähig gewesen. Klar, dass mir das zu lange scheint. Ab jetzt wandle ich mit meinem Rollator zur Genesung umher. Muskeln habe ich nur noch sehr wenige, die Waden, die Oberschenkel und die Pobacken sind geradezu eingefallen. Sieben Kilo habe ich bisher verloren.

In den nächsten Tagen bis zur Entlassung in die Reha, übe ich also laufen und mache Kniebeugen, Stufensteigen – alles, was mir so einfällt. Dabei halte ich mich an dem Holzlauf fest, der an den Wänden der Flure angebracht ist. Ich brauche nur aus meinem Zimmer raus, schon ist da ein Handlauf und ich kann turnen.
Dann erfahre ich, dass die Reha schon einen Tag vorher beginnt, da ein Platz frei geworden ist.

Ein paar Tage später, an einem Mittwoch, heißt es Abschied nehmen. Am Tage zuvor ist Abschlussvisite. Mein Professor bittet mich, später mal wieder vorbeizukommen, damit er sieht, was aus seinem *Werk* und mir geworden ist. Das verspreche ich gerne, auch meiner Physiotherapeutin. Der nette und kompetente ältere Pfleger, den ich schon erwähnte, erstellt dann am Morgen der Abreise einen schriftlichen vorläufigen Abschlussbericht für die Rehaklinik und eine CD mit allen Röntgenbildern, damit die sehen können, was sie sich eingefangen haben.

Zwei Fahrer, diesmal von einem richtigen Krankentransportdienst, holen mich, schnallen mich fest und ich werde liegend im Hochbett 150 Kilometer weit zu meiner stationären Reha verbracht. Ein Freund von mir hat mittlerweile einen Pkw besorgt, der in einer unserer Filialen nicht mehr gebraucht wird und ein besseres Einsteigen für mich ermöglichen soll, einen SUV eben. Der soll, sobald ich wieder fahren kann, zumindest vorübergehend, meine Limousine ersetzen. Mit diesem Wagen transportiert er an diesem Morgen meine Habseligkeiten mit Akten, Technik und Badezimmerausstattung schon mal in die Rehaklinik!

Als wir dort eintreffen, ist er schon da. Gemeinsam mit den Krankenfahrern geht er mit auf meine Station. Er hat schon alles auf mein Zimmer gebracht und ich muss nur noch ausräumen. Dabei will er mir gerne helfen. Wir machen das gemeinsam und so bin ich ruckzuck in meinem neuen Zuhause eingecheckt.

Die Klinik liegt auf einer Anhöhe über der Stadt; ein Gebäude, das ursprünglich mal als herrschaftliches Wohnhaus in der Zeit um 1900 errichtet wurde. Schon bald nach dem ersten Eigentümer wurde eine medizinische Einrichtung, ein Lazarett im Zweiten Weltkrieg und später dann diese Klinik daraus. Vor zwei, drei Jahren wurde das gesamte Anwesen dann von den Eigentümern, einer Stiftung, von Grund auf saniert und mit einem sehr großen modernen Erweiterungsbau versehen. In diesem Teil der Anlage bin ich im obersten Stockwerk untergebracht. Diese Zimmer haben einen rundumlaufenden Balkon, der Terrassencharakter hat, also sehr breit und mit Tischen und Stühlen ausgestattet ist. Von meinem Zimmer aus habe ich einen wahnsinnig schönen Blick über die gesamte Rheinebene und je nach Wetterlage bis an den Pfälzer Wald. Meine Heimat habe ich also immer mehr oder weniger vor Augen.

Da mein Sohn ja ganz in der Nähe wohnt, bekomme ich auch gleich Besuch, Blumen, frische Wäsche und Schokolade sowie ein paar Kleinigkeiten, wie einen Schuhlöffel mit langem Stil, da ich mich ja schlecht bücken kann.

Noch vor dem Mittagessen kommen der zuständige leitende Professor, Ärzte und Pflegepersonal, um mich zu begrüßen. Der Professor ist sehr nett und erklärt mir, dass er so einen schweren Verlauf des

Bandscheibenvorfalles normalerweise nur aus dem Lehrbuch kennt. Wir versichern uns beidseitig beste Zusammenarbeit und ich sichere zu, mich anzustrengen, da ich in drei Wochen als geheilt entlassen werden will. Das wiederum bezweifelt er stark. Wir einigen uns darauf, dass wir das dann nach Ablauf von zwei Wochen noch mal besprechen werden.

Ich sehe den Mann nie wieder. Alles, was an medizinischer Betreuung von mir gebraucht wird, erledigen zwei Ärztinnen, die das auch kompetent machen. Visite sei einmal die Woche, wird mir erklärt. Dort würde dann jeweils alles Weitere besprochen. Ich bekomme einen Rollstuhl und am nächsten Tag einen Rollator gebracht. Hier hat nämlich alles seine geregelte Ordnung und es macht niemand was er will. Die medizinischen Hilfsmittel werden je nach Körpermaßen der Patienten ausgewählt, eingestellt, nummeriert, mit Namen versehen und zugeteilt. Das dauert eben einen Tag. Kann man ja verstehen.

Sobald ich diesen Rollator habe, verzichte ich auf den Rolli. Entweder mit dem Rollator oder aber später hangelnd, von einer Möglichkeit mich festzuhalten zur nächsten, bewege ich mich in meinem Zimmer, außerhalb vorerst nur mit dem Rollator.

Eine sehr kompetent wirkende Schwester erzählt mir dann, wie die sonstige Organisation und der Tagesablauf so vonstattengehen. Die jeweiligen Anwendungen und der Zeitplan dazu werden immer am Abend vorher auf den Zimmern verteilt. Wenn ich soweit laufen kann, dann wäre es möglich, gegen Hinterlegung einer Kaution, einen Ausweis am Eingang abzuholen. Mit diesem Ausweis könnte ich dann die Mahlzeiten in der Kantine einnehmen. Gleichzeitig könnte ich mir dort auch gegen Kaution einen Schlüssel für den Tresor im Zimmer besorgen, um dort meine Wertsachen zu deponieren. Den Zimmerschlüssel bekomme ich schon mal von ihr. Die ersten Tage bis zum Wochenende, schlägt sie mir vor, sollte ich auf der Station essen. Das wäre einfach besser. Wenn ich dann für die Kantine bereit sei, müsste ich mich nur bei der Stationsleitung abmelden. Das ist ein Rondell, vielleicht 20 Meter von meinem Zimmer entfernt, links auf dem Weg zum Stationsausgang. Dort sind auch die Tische für alle Patienten, die auf Station essen. Das sind fürs Erste die wichtigsten Informationen von ihrer Seite. Ich weise noch auf meinen Bauchkatheter hin und dass dieser einmal in der Woche mit einem frischen Verband versorgt werden muss, so die Weisung der Urologie aus der Klinik. Hier wird das täglich gemacht und sie vermerkt es direkt. Okay, das finde ich zwar stressig, aber wenn sie meint … Dann ist sie fertig und es gibt ja auch gleich Essen.

Sie geht und ich mache mich auf, um mal den Einstieg mit dem Mittagessen zu beginnen. Dazu nutze ich den Stationsrollator, der mir bis zum nächsten Tag leihweise zur Verfügung steht. Das Pflegepersonal ist sehr nett, bietet mir einen Platz an und weist mich auch hier ein. Dazu gehört, dass ich meine Tabletten jeweils einmal am Tag holen muss und dabei meinen Blutdruck messen soll. Mir wird erklärt wie das geht und dann zeigt man mir, wo ich das eintragen muss.
Das dann folgende Essen ist eine Frechheit. Es ist wirklich schlecht gemacht und wenig. Na ja, dann muss ich mich eben gleich um diesen Kantinenausweis kümmern.

Nach dem Essen gehe ich auf mein Zimmer, um etwas zu ruhen. Zwischen zwei und drei Uhr denke ich, es wird jetzt mal Zeit, das mit Karte und Schlüssel zu erledigen. Als ich gerade dabei bin mich anzuziehen, kommt eine Schwester und fragt, ob ich was brauche. Nein, erkläre ich fröhlich, alles wäre gut, ich ginge jetzt meinen Tresorschlüssel und den Essensausweis holen. Sie geht und erscheint ein paar Minuten später erneut: Sie hätte mein Ausflugsvorhaben auf der Station gemeldet und das wäre nicht erwünscht. Sie könne das alles gerne für mich erledigen. Ich bin angepisst und erkläre ihr, dass ich erstens mache, was ich will, und zweitens mit ihr auch für die Zukunft nichts zu bereden hätte, wenn sie nichts zu tun habe, als an höherer Stelle zu petzen. Sie ist dann auch eingeschnappt und wir beenden unsere Zweisamkeit. Sie geht.

Als ich dann soweit gerüstet und mit Geld versorgt bin, beginne ich meinen Ausflug. Ich komme unbeschadet an der Stationsleitung vorbei und 30 Meter weiter durch die Stationstür. Eine zweiflügelige Glastür, die anscheinend auch immer offen steht, muss ich ebenfalls passieren. Auf der anderen Seite eines größeren Vorraumes schließt dann wieder eine andere Station an. Wie ich später feststellen werde, sind dort die meisten Räume für die Anwendungen untergebracht. Ich entere einen großen Aufzug und fahre in den Eingangsbereich. Unten auf der Nullebene angekommen, muss ich links raus, ein paar Meter und ich bin am Empfang angekommen.
Ich frage höflich nach dem Safeschlüssel und nach der Karte für die Kantine. Ich freue mich auch schon darauf, denn nicht nur im Internet, sondern auf allen Fluren wird auf die hervorragende mediterrane Küche hingewiesen. Die Frau am Empfang fragt, ob denn mit der Station abgesprochen sei, dass ich eine Kantinenkarte bekomme. Das kann ich zusichern, da das ja auch mal grundsätzlich so geplant war – allerdings erst für nächsten Montag, was ich nicht erwähne, es hat sich eben etwas früher ergeben. Die blaue Plastikkarte bekomme ich nach Hinterlegung der Kaution und meinen Tresorschlüssel ebenfalls.
So ausgestattet geht es wieder zum Aufzug und von dort über die Station in mein Zimmer. Alles in allem bin ich über die glückliche Abwicklung sehr zufrieden. Meine Wertsachen kommen in den Tre-

sor. Die Plastikkarte kommt an meinen Rollator. Dieser hat ja auch so ein Körbchen vorne dran, damit kann ich dann zukünftig insbesondere Wasserflaschen transportieren. Auf der Station gibt es die Möglichkeit, Kaffee oder Tee an einem Automaten zuzubereiten. Das ist vorerst noch nichts für mich, weil ich die Tasse ja nicht tragen und gleichzeitig mein Gleichgewicht über den Rollator halten kann. Wasserflaschen bekomme ich aber dort auch sowie in der Kantine. Das Leergut muss ich auch zurückbringen, dafür ist das Pflegepersonal anscheinend nicht zuständig.

So vergeht die Zeit und es gibt schon Abendbrot. Das verzehre ich im Stationscenter und kündige gleichzeitig an, dass ich ab nächstem Morgen in der Kantine essen werde. Die nehmen das auch ohne weitere Worte zur Kenntnis. Damit hat sich auch der Speiseplan, in den ich mich noch nachmittags für die nächsten Tage habe eintragen müssen, erledigt. Das Essen ist wenig und schlecht, wie mittags auch. Eine erneute Bestätigung für meine Entscheidung.

Die erste Nacht, und im Übrigen auch alle folgenden, verbringe ich gut. Ich lerne und übe eben, mich mit meinen Verletzungen und dem Bauchkatheder so zu verhalten und zu legen, dass mir nichts wehtut und ich gut schlafen kann. Da ich immer noch nichtkontrollierbare Ausblutungen aus meinem Schniedelwutz habe, ließ ich mir von meiner Familie große Slipeinlagen mitbringen, die das auffangen können. Die wechsele ich jeweils morgens und abends.

Am nächsten Morgen versuche ich mich dann in meinem großen und sehr umfangreich ausgestatteten Behindertenbad zurechtzufinden. Zum Bad versuche ich es ohne Rollator. Das geht ganz gut, da ich mich an Bett, Wand und Tür festhalten kann. Dann bin ich im Bad und es ist voll doof, da ich in dem großen Raum die Diagonalen nicht überwinden kann. So muss ich immer an der Wand entlang, mehr geht nicht. Also gehe ich wieder ins Zimmer, meinen Rollator holen. Dieser dient dann quasi als Dreh- und Angelpunkt in der Mitte des Bades. In der Dusche steht ein Gestell, auf das man sich zum Duschen setzen kann. Leider ohne Rollen. Ich zerre also das Teil von der Dusche vor das Waschecken. Im Stehen kann ich noch keine Zähne putzen, sonst falle ich um. Also muss ich mich auf diesen Duschstuhl setzen und dann geht das ganz gut. Als Nächstes folgt dann das Waschen des Oberkörpers und der Haare. Das geht zwar nicht zu meiner vollsten Zufriedenheit, aber es geht. Dann ist der Unterkörper dran. Zuerst muss der Stuhl wieder zurück in die Dusche. Dann nehme ich den Duschschlauch und spritze mich unten rum so ab, dass ich meinen Verband mit dem Blasenkatheter nicht zu nass mache. Alles sehr, sehr anstrengend. Dann muss ich mich noch abtrocknen und rasieren.

Das Anziehen ist eine Arbeit für sich. Der Slip geht ja noch. Spannend sind die Strümpfe. Ich lege mich dazu seitlich aufs Bett und winkele das Bein an. So komme ich mit dem Strumpf von hinten an meinen Fuß. Ich muss zuerst die Zehen einfangen, was durch die Gefühllosigkeit der drei kleinen Zehen am rechten Fuß erschwert wird. Auf der rechten Seite liegend tut das am linken Bein weh, weil ich mir meiner Meinung nach noch in der Klinik bei solch einer Strumpfaktion mir eine Zerrung im Oberschenkel zugezogen habe. Leider hat trotz mehrfachen Hinweises bis zu diesem Tag kein Mensch sich darum gekümmert, obwohl ich immer wieder darauf hingewiesen habe. Die denken sicher, dass sich das über die Zeit schon wieder geben wird, was letztlich auch stimmt, aber ich finde es trotzdem unmöglich. Dann noch ein T-Shirt und einen Trainingsanzug.

Fix und fertig hergerichtet und eigentlich schon wieder müde, gehe ich dann mit meinem Rollator in die Kantine. Diese befindet sich im 1 .OG. Vom Fahrstuhl aus links über einer offenen Galerie geht es zu einem großzügigen Bereich mit Möglichkeiten zum Sitzen, mit Stehtischen und sogar Klubsesseln, wirklich sehr schön und modern eingerichtet. Wie in Kantinen üblich holt man sich ein Tablett, bestückt dieses mit Teller und Besteck und reiht sich in die Ausgabeschlange ein. Hier gibt es dann so ziemlich alles, was zu einem guten Frühstück gehört. Soweit so gut. Ich habe alles, was ich brauche, und stelle mein Tablett über den Einkaufskorb auf meinen Rollator. Das geht zufriedenstellend. Kaffee wird schon schwieriger. Den gibt es in großen Tassen aus dem Automaten. Das ist einfach. Zum Transport nehme ich mein Tablett, stelle einen Teller drauf und darauf dann die Kaffeetasse. So entsteht eine gewisse Stabilität, die den Kaffeetransport für mich möglich macht.

Da ich das Aufschneiden von Brötchen mit diesen Blechmessern, die nie schneiden, hasse, habe ich mein eigenes Messer mitgebracht. Alles also perfekt. Die Frühstückszeit mit Rückgabe des Tabletts beträgt eine Dreiviertelstunde. Normalerweise ist zumindest die Ausgabe bis 8.30 Uhr beschränkt. Ich schaffe alles bis 8.50 Uhr. Am nächsten Morgen muss ich also früher aufstehen oder schneller werden. Das Letztere geht leider vorerst nicht. Ich muss also zukünftig schon um sechs Uhr aus den Federn.

Meine ersten Anwendungen stehen an. Physiotherapie, Ergotherapie und ein psychologisches Gespräch. Die Physiotherapeutin sagt gleich, wir würden laufen, und sie schaut sich mal an, wie das bei mir so geht. Sie versucht auch, mit mir die ersten Treppen zu steigen und empfiehlt mir dringend, alles was ich sehe für Übungen zu nutzen. Wann immer ich kann. Das, meint sie, könne ich ruhig bis zur Muskelerschöpfung praktizieren. Ich bin froh, denn nun weiß ich, dass ich trotz der erst kürzlich erfolgten OP richtig ran kann. Die Ergotherapeutin lässt mich erst einmal hinlegen und versucht dann, meine Beine und Füße zu mobilisieren. Das ist sehr wichtig, empfinde ich, da ich auch merke, was überhaupt möglich ist und was nicht.

Die jeweiligen Anwendungen dauern mit An- und Abreise zu den jeweiligen Räumen jeweils 45 Minuten. Dann ist schon die Nächste dran. Vier bis fünf Anwendungen pro Tag sind vorgesehen. Das erscheint mir viel zu wenig. Ich lerne aber schnell, dass ich danach platt bin, schlafen kann und dass das also reicht für meinen anscheinend doch noch angeschlagenen Zustand.

Die Psychologin fragt so nach diesem und jenem und kann nichts Richtiges mit mir anfangen. Ich mit ihr auch nicht. Abschließend fragen wir uns, ob einer noch was vom anderen erwartet oder braucht. Das ist nicht der Fall. So verabschieden wir uns freundlich und sehen uns nie wieder.

Am nächsten Tag geht es mehr oder weniger so weiter. Allerdings kennen mich die helfenden Hände meiner Anwendungsgeber nun. In der Physiotherapie üben wir jetzt an der Stange, die an der Wand im Flur angebracht ist, nur an einer Seite festzuhalten, das gehen ohne Rollator. Als das einigermaßen funktioniert, machen wir das Ganze rückwärts, denn, so wird mir erklärt, Menschen gehen zwar nicht konsequent rückwärts, aber bei allen Dingen, die wir tun, angefangen morgens im Bad, müssen wir zur Richtungsänderung und zur Standfestigkeit ständig einen, zwei oder mehr Schritte rückwärts oder seitwärts gehen. Stimmt, daran hatte ich bisher nie gedacht. Dann soll ich die Hand nur noch auf die Stange legen oder am besten in der Luft halten, um wieder frei gehen zu lernen.

Am Ende zeigt sie mir noch den Geräteraum und ich werde an einem Fahrrad und an einer Beinpresse eingewiesen. Dieser Geräteraum zur betreuten Selbstnutzung ist eine Anwendung für die nächsten Tage, da morgen Samstag ist und an Wochenenden keine Anwendungen durch das Personal durchgeführt werden. Am Montag soll ich feste Schuhe und eine Jacke anziehen, denn dann würden wir, wenn es nicht regnet, die Welt draußen erobern. *Oh je*, denke ich, *das wird ja lustig*, freue mich aber, dass sie mir das zutraut und es dann auch für mich spürbar weitergeht.

Die Ergotherapeutin macht etwas Interessantes mit mir: Sie testet meine Oberflächen- und Tiefenempfindlichkeit mit Holzstäbchen, Plastikigeln und Elektromassagegeräten. So merke ich und kann konkret bestimmen, wo an welchem Fuß, Oberschenkel oder OP-Bereich ich genau wie viel mehr im Verhältnis spüren kann oder nicht. Das ist sehr interessant und wichtig, weil ich so meine eigenen Fortschritte in der Empfindsamkeit feststellen kann. So geht auch dieser Tag zu Ende.

Es ist Wochenende. Alles ist wesentlich ruhiger. Das geht schon morgens los, da das Zimmer zwischen acht und zehn Uhr gereinigt wird. Auch das Bett wird gemacht und alle paar Tage frisch überzogen. Das machen eine Frau mit Kopftuch und ein Mann jeweils nacheinander. Dies unterbleibt am Samstag und Sonntag.

Was ich leider erst jetzt erfahre, ist, dass man Ausgang über eine Nacht hinweg beantragen kann. Man kann also über das Wochenende nach Hause fahren, wenn es der Gesundheitszustand zulässt. *Mist!*, denke ich, *das hätte ich mal vor drei Tagen wissen sollen.* Hat mir keiner gesagt. Gemein, so was.

Bisher hat kein Mensch meinen Bauchverband gewechselt, obwohl ich mittlerweile schon fast eine Woche hier bin. Ich bitte darum; am Morgen in der Station beim Blutdruckmessen. Dann beschäftige ich mich bis zum Mittag mit meinen Gehversuchen mit und ohne Stange, mit Treppensteigen – linkes Bein zuerst, dann rechtes Bein, und zwar nicht jeweils eine Stufe hochtapsen, sondern, wie Gesunde auch, eine Stufe nach der anderen.

Bald schon ist wieder Mittagszeit und ich mache mich mit dem Rollator auf den Weg zur Kantine. Bei der Gelegenheit mache ich am Stationspoint noch mal darauf aufmerksam, dass mein Verband gewechselt werden muss.

In der Kantine ist es sehr ruhig. Diesmal gibt es Samstagseintopf und für Sonntag steht Kassler Braten auf dem Programm. In dieser Küche gibt es alles, nur kein mediterranes Gericht. Das Essen ist immer ausreichend und nach Hausmannsart gut gemacht, aber von mediterran keine Spur. Der hausgemachte Kuchen hat auch nichts Mediterranes, aber der ist wirklich klasse.

Der Kantinenbereich ist bei der Ausgabe in zwei Gesellschaftsschichten unterteilt: Auf der linken Seite gibt es die ganz normale Menüausgabe für Patienten und Personal, als Trennung der Gesamttheke hat man so einen Salatwagen aufgebaut, der von zwei Seiten bedienbar ist. Hier ist alles kostenfrei. Auf der anderen Seite, also rechts herum, können sich die Besucher Erfrischungen aller Art, kleine Gerichte und Kuchen kaufen. Die Preise sind gegenüber den normalen Preisen außerhalb als moderat anzusehen. Die Qualität ist gut und die Bedienung je nach Tageslaune mal so mal so.

Es gibt also nichtmediterranen Eintopf, der gut schmeckt. Im Anschluss geht es wieder auf mein Zimmer. Mittagsruhe ist angesagt.

Zum Abendbrot ist wieder Kantine angesagt. Zu dieser Tageszeit gibt es immer noch mal einen Nachschlag vom übrig gebliebenen Mittagessen, oder aber ausreichend und vielfältig – aber lieblos auf Stapeln hingeknallte – Wurst mit Brot.

Nach dem Essen messe ich noch mal meinen Blutdruck im Stationscenter und bitte darum, dass mein Verband am Bauch gewechselt wird. Nach 19.00 Uhr kommt eine Pflegerin vorbei und fragt, wo es fehlt. Ich erkläre ihr, dass, wenn jetzt nicht blitzschnell mein Verband gewechselt wird, es echten Ärger geben wird, da ich schon den ganzen Tag danach frage und das ja ursprünglich jeden Tag hätte erfolgen sollen. Die Pflegerin kann allerdings nichts dafür ist etwas verstimmt, kommt aber nach einigen Minuten mit dem nötigen Verbandszeug zurück. Das ziept jetzt etwas und dann rupft sie das Pflaster weg, nimmt den Verbandsmull ab und bemerkt, das sähe ja ganz ordentlich aus. Ich finde es unnatürlich und saublöd, dass mitten aus meinem Bauch ein Plastikschlauch einfach so aus einem Loch, das die mir reingebohrt haben, herauskommt. Sie findet das hingegen nahezu großartig. Dort, wo der Schlauch die Bauchdecke durchdringt, hat sich ein wenig Schmodder abgesetzt, den sie beherzt entfernt und dabei fragt, wo ich den Schlauch denn tragen würde. Ich verstehe kein Wort. Rechtsrum oder linksrum? Das weiß ich nicht, hat mich auch noch niemand gefragt. Von mir aus gesehen kam der Schlauch bisher links aus der Gaze unter dem Großpflaster hervor, war an dem Pflaster etwas angeklebt und dann ein paar Zentimeter weiter durch ein weiteres kleineres Pflaster nochmals zugfrei fixiert. »Okay«, meint sie, »dann machen wir das jetzt rechtsum.« Sie greift nach dem Plastikschlauch – ich habe Schiss –, zieht leicht daran – ich habe mehr Schiss – und legt ihn mit einem beherzten Zuppeln nach rechts. Ich frage, ob das denn wirklich sein muss. Ja, ja, das wäre sehr wichtig, da durch die Bewegung und die Lageveränderung ein Festwachsen verhindert würde. Denn wenn der Schlauch sich in der Blase oder außerhalb einwächst, käme es beim Wechseln zu Blutungen mit entsprechenden Komplikationen. Ich bin verblüfft und dankbar für die Weitsicht und die umsichtige Behandlung. Wieder etwas gelernt.

Da ich die Pflegerin jetzt hier habe und ihre resolute Art mich überzeugt, vertraue ich ihr ein anderes Problem an: Seit über einer Woche war ich nicht mehr auf dem Klo. Also kein Stuhlgang mehr.

Zwei, drei Tage sind bei mir nicht ungewöhnlich, aber eine Woche erscheint mir zu viel. Ich habe auch entsprechenden Druck im Bauch und meine wir müssten was tun. Im Krankenhaus hatte ich das schon einmal. Zuerst mit Pulver über Nacht, dann mit einem kleinen Einlauf und am Ende mit einem Gebräu ohne Namen, das ich trinken musste, hatten die mich dann nach 24 Stunden von meiner Verstopfung befreit. Das war echt anstrengend. Ich schildere ihr das. Vielleicht kann ich ja jetzt gleich so ein namenloses Wundermittel bekommen, um mich zu entleeren. Nein, so ein Mittel sei hier nicht vorrätig. Ich kann ein ganz normales Abführmittel bekommen, das seine Wirkung so nach zehn Stunden entfalten würde. Alternativ schlägt sie vor, ein Klistier zu setzen. Dieses *Tier* will ich auf keinen Fall kennenlernen. Gut, meint sie, in einer Dreiviertelstunde seien solche Dienstleistungen ohnehin nicht mehr im Angebot. Also jetzt oder morgen früh. Ehrlich, es tut weh. Ich muss und kann nicht! Ich fühlte mich in einer verzweifelten Lage. In mir ist was, das raus will, Druck macht ohne Ende und trotzdem nicht raus kann. Ich ergebe mich in mein Schicksal und sage zu.

Sie geht und kommt mit einer mittelgroßen Spritze zurück. Was da drin ist, verrät sie nicht. Ich muss meine Rückseite freimachen und ihr den *Bobbes* hinhalten. Sie steckt dann die Spritze in meinen *Ausgang*, entlädt sie und sagt, mindestens drei Minuten müsse ich das in mir halten, sonst wäre die Wirkung nicht voll da. Gut, bei mir ist alles zugestopft, denke ich, kein Problem.

Sie ist weg. Ich denke noch, es tut sich ja gar nichts, und schaue auf die Uhr, die gegenüber meinem Bett an der Wand hängt. Es sind knapp zweieinhalb Minuten um. Auf einmal habe ich das dringende Gefühl, gleich ins Bett zu machen. Also schiebe ich mich langsam wie eine Schnecke, zielstrebig wie eine Schildkröte, aus dem Bett in Richtung Bad. Die Beine auseinander, um zu laufen, gleichzeitig irgendwie zusammengekniffen, wegen dem Durchfallgefühl, und im

Übrigen völlig neben der Spur, erreiche ich die Kloschüssel. Hosen runter, auf den Topf und los. – Da kommt erst mal gar nichts. Ich drücke, ich platze gleich, ich habe Aua – es ist gar schrecklich. Schließlich kommt ein dicker großer blutiger Klops. Fall erledigt. Kaum zurück am Bett, geht es schon wieder los. In dieser und den noch folgenden Sitzungen, für die ich zwischen Klo und Bett hin und her eiere, folgt dann auch der Rest des Darminhalts. Irgendwann ist es dann vorbei. Gott sei Dank. Ich bin fix und fertig, aber mein Gedärm ist befreit. Nie hätte ich gedacht, dass eine alltägliche Körperfunktion so eine beherrschende alles überlagernde Macht erlangen kann.

Ich bin froh über die Aktion, hoffe aber inständig, wegen dem Blut, dass ich mich inwendig nicht allzu sehr verletzt habe. Dann wanke ich zu Bett und schlafe friedlich und entschlackt ein.

Am nächsten Morgen ist Samstag, ich habe keine Anwendungen, bin einer der wenigen verbliebenen Klinikinsassen und lasse es langsam angehen. Nach dem Frühstück habe ich mein eigenes Trainingsprogramm aufgelegt. Immer wieder laufen und – was ich als sehr anerkennenswert empfinde und wofür ich sehr dankbar bin – ich kann einen Fahrradtrainer im Stationscenter benutzen. Die Physiotherapeutin hat mir außerdem einen Stepper aufs Zimmer gebracht. Ich stelle mich drauf, halte mich an dem Gestänge meines Bettes fest und kann so 100 Schritte machen, um meine Muskulatur wieder aufzubauen. Treppenlaufen übe ich auch und bin am Ende mit den Tipps und Hinweisen, die ich die letzten Tage bekommen habe, sehr zufrieden.

Es gibt Mittagessen, *typisch mediterran* nach Art des Hauses, also Grünkohl und Pinkel. Die lassen mich wieder auf den Boden der Tatsachen zurückfinden.

Am frühen Nachmittag kommt meine Familie, da ich deren Anwesenheit brauche. Eine geschäftliche Transaktion soll abgeschlossen beziehungsweise nachverhandelt werden. Der Geschäftspartner kommt aus 300 Kilometer Entfernung angefahren. Ich halte es einfach für sinnvoll mal, außer meiner Behinderung, zu demonstrieren, dass hier eine Familie verhandelt und nicht ein Einzelner. Er kommt mit seinem Mitarbeiter, wir verhandeln, sind am Ende nicht weiter als vorher, mein Ziel ist erfüllt, Kaffee und Kuchen sind bestens.

Der Sonntag ist dann ganz ruhig und ich lese, arbeite für meine Firmen und trainiere intensiv: Stange, Treppe – also laufen und steigen. Dazwischen Fahrradfahren und Stepper.

Ab Montag beginnt dann wieder der Alltag – gleich morgens früh mal mit was Neuem. Auf meinem Plan, den mir das Pflegepersonal ja immer abends auf das Zimmer bringt, steht: *8.30 Uhr Massage*. Das, denke ich, wird eng. Leider brauche ich ja eine Ewigkeit für die Körperpflege, dann noch zu frühstücken würde bedeuten, ich müsste um spätestens 5.30 Uhr aufstehen. Das ist mir zu früh. Ich plane also diesen Montag ohne Frühstück. Das ist übrigens das einzige Mal, dass ich zu einer so unmenschlichen Zeit eine Anwendung habe.
Massage auf dem Zimmer heißt das auf dem Plan. Ich muss also nirgendwo hin. Ich wasche mich fein säuberlich und sitze kurz vor 8.30 Uhr mit T-Shirt und Jogginghose auf dem Bett. Dann kommt die Massage-Tante und fragt zuerst, wo es mir denn fehlt. Ich erkläre sehr ausführlich, wo ich überall Lähmungserscheinungen habe und wie sich das anfühlt, wo es schon besser wurde und wo ich noch ratlos bin. »Gut«, sagt sie, »dann setzen Sie sich mal auf den Stuhl. Sie können dann wunderbar über die Rheinebene schauen.« Sie hat den Stuhl entsprechend aufgestellt und ich setze mich. »Ich

fange jetzt ganz langsam an, Ihren Nacken zu massieren, und werde dann am Rücken langsam nach unten gehen.« Ich bin baff, denke mir, die wollte nur wissen wo es mir fehlt, damit sie um Gotteswillen mit diesen Körperteilen niemals in Berührung kommt. Da ich ja schon wochenlange Erfahrung habe und morgens nicht meine beste Kampfzeit ist, nehme ich das mal so hin. Es entwickelt sich ein kleines Frage-Antwort-Spiel und so erfahre ich nebenbei die Geschichte der Klinik – seit Errichtung vor 100 Jahren bis hin zum heutigen Klinikzrum. Nach einer halben Stunde hört sie auf und verabschiedet sich freundlich. Na ja, geschadet hat es wohl nicht.

Nach einer Pause geht es dann zu meiner Physiotherapeutin und mit dieser in die freie Natur. Wir gehen mit dem Rollator raus, links um den neuen Klinikteil herum auf eine Terrasse, die teilweise mit Platten und groben Kieselsteinen belegt ist. Ich soll und darf ohne Rollator laufen. Erst über die Platten, sie stützt mich dabei, dann über den Kies, auch mit ihrer Hilfe. Das geht fast eine halbe Stunde ganz gut. Plötzlich und ohne Vorankündigung, mitten auf der Kiesfläche, sacken mir die Beine weg und ich stürze fast. Sie hält mich aber. Ich beiße die Zähne zusammen, fluche und versuche, mich ganz langsam, auf sie gestützt, an eine halb hohe Ummauerung mit Geländer zu retten. Sie hilft kräftig mit und gemeinsam schaffen wir das dann auch. Jetzt muss ich mich natürlich erst einmal erholen und lasse mir dabei erklären, warum und wieso gerade bei meinem Krankheitsbild so was passieren kann. Sie sagt, einmal sei ihr das schon vorgekommen. Gut, ich verstehe das alles notgedrungen, habe aber für diesen Tag erst mal genug. Es ist ja vor allem die Hilflosigkeit gegenüber diesen körperlichen Nöten, die mich beeindruckt und mich nachdenklich macht.
Wir treten den Rückzug an und ich lege mich fürs Erste auf mein Bett, um mich von den ganzen Strapazen und meinem Abenteuer zu

erholen. Ernst nach einer längeren Pause, dem Mittagessen und noch mal einer Pause geht es dann mit dem Gerätetraining weiter. Danach ist für diesen Tag noch Ergotherapie dran. Das wieder ist sehr angenehm, da sich diese Therapeutin wirklich intensiv mit meinen Lähmungen beschäftigt, was mir sehr guttut. Ein weiterer Reha-Tag ist geschafft und tatsächlich habe ich bei allen kuriosen Erlebnissen den Eindruck, dass es Stück für Stück besser geht. Nur Blase und der Darm geben noch nicht wirklich auf, mich zu ärgern.

Die Tage wiederholen sich prinzipiell, wobei, aus welchen Gründen auch immer, von den fünf Anwendungen pro Tag zwei bis drei ausfallen. Das ist letztlich viel zu wenig, fünf wären besser, aber nicht mehr, das würde ich vom Kraftaufwand nicht schaffen.
Der stationäre Aufenthalt in der Reha-Klinik tut mir insgesamt sehr gut. Die Ruhe ist nach den beiden Operationen und dem Eingriff an der Blase notwendig.

Am nächsten Tag habe ich außer den üblichen Anwendungen *Werkgruppe*. Da stehen vier Männer mit unterschiedlichen Behinderungen in einem Raum und können wählen, was sie machen wollen: Batiken, mit Ton arbeiten, ein Vogelhäuschen aus Holz bauen oder mit Speckstein arbeiten. Ich finde diese Beschäftigungstherapie ziemlich bescheuert. Da mir die anderen Möglichkeiten noch weniger zusagen, entscheide ich mich für den Speckstein. An einer Werkbank stehend bearbeite ich diesen. Die sehr junge Therapeutin bearbeitet ihren Computer und schaut ab und zu nach mir und den anderen Leidensgenossen, ob wir vorankommen oder ob was fehlt. Ein Mann Mitte 60, aus dem Saarland, wie ich unschwer an seiner Sprache erkenne, will irgendwas mit Holz bauen. Das scheint auch sinnvoll, da er die rechte Hand nicht vollständig unter Kontrolle hat. Diese Hand funktioniert so wie mein rechter Fuß, mehr schlecht als recht. Mit der Hand kann er zwar greifen, aber die Finger reagieren nicht, können nicht zupacken und halten. Also ein Fall, der aus meiner Sicht hier richtig ist. Eine Hilfe ist ihm die Therapeutin allerdings nicht. Sie rät ihm, die andere Hand zu Hilfe zu nehmen, wenn es mir der rechten nicht geht. Nach knapp 25 Minuten dürfen wir wieder aufräumen und unser Werkstück einlagern, damit wir das nächste Mal damit weitermachen können. Da ich weiß, dass die mehr oder weniger erkennbare kleine Katze von mir hier nie wieder weiterbearbeitet werden wird, da ich diesen Teil der Anwendungen nicht mehr weiterverfolgen werde, nehme ich sie gleich mit. Ich verstehe wirklich nicht, was ich da mit meiner Gehbehinderung soll. Solche Fehlplanungen, es wird nicht die letzte sein, sollten unbedingt vermieden werden.

Einen Tag später habe ich wieder Massage. Ich bereite mich vor, um der Masseurin klarzumachen, wo sie sich, verdammt noch mal, um meinen Körper kümmern soll. Es ist so gegen 11.00 Uhr und ich sitze gerade an meinem Schreibtisch. Sie betritt den Raum und freut sich, dass ich schon sitze. »Ja«, meine ich, »Sie erinnern sich, ich habe Probleme unten herum, nicht am Rücken oberhalb.« Ja klar, das weiß sie doch. Ich soll einfach meinen Oberkörper soweit es geht auf den Tisch legen und das T-Shirt über den Kopf ziehen. Das mache ich und sie beginnt im unteren Rückenbereich leicht zu massieren. »Ich kann mich gerne aufs Bett legen«, biete ich an. Nein, sagt sie, das Bett steht an der Wand und da komme sie nicht gut an mich ran. *Na ja*, denke ich, *diese Stellung ist aber schon merkwürdig.* Gut, ich erkläre, das Bett habe Rollen und wir könnten es von der Wand wegschieben. Ja schon, aber die Höhe des Bettes sei nicht ideal. Ich erwidere, es handle sich um ein Elektrobett. Man kann es hoch und runter fahren. Damit habe sie schlechte Erfahrungen gemacht. Als sie das letzte Mal versucht habe, ein Bett auf diese Weise einzustellen, sei das Bett seitlich hochgefahren. Die Matratze wäre gekippt und der Patient sei aus dem Bett gefallen. Nun, das will ich nicht riskieren. Sie massiert also in Richtung meiner Pobacken von hinten unterhalb meiner Sitzfläche weiter, was eigentlich gar nicht geht, denn ich sitze ja. Wir einigen uns am Ende der Veranstaltung, dass sie mich zur nächsten Massage zu sich auf die Station im Erdgeschoss einladen wird. Schon interessant wie viele Arten von Möglichkeiten es gibt, etwas nicht wirklich gut zu machen.

Am Nachmittag kommt die weniger gute Nachricht, dass wir ein Grippevirus in der Klinik haben. Vorerst heißt das, die Nachbarstation, auf der sich die meisten Räume befinden, in denen die Anwendungen verabreicht werden, wird geschlossen und wir dürfen nur noch auf unserer Station herumspazieren. Na ja, Stangen, Treppen und Flächen zum Laufen gibt es hier ja auch. Die Beeinträchtigungen sind also überschaubar.

Zwei Stunden später aber wird es ernst. Keiner rein, keiner raus. Essen in der Zentrale und ansonsten Stubenarrest. Klar verstehe ich die Maßnahmen, doof bin ich ja nicht. Begeistert bin ich aber auch nicht. Soweit Anwendungen verabreicht werden, ist geplant, auch diese auf dem Zimmer zu geben. Das hatte ich ja schon im Fall der Massagen. Das ist natürlich idiotisch, da die Hälfte der Übungen in Gruppen gemacht werden. Jetzt macht sich die ideale Lage meiner Behausung echt bezahlt: Vor meinem Zimmer ist eine Dachterrasse und ich kann über eine Tür nach draußen. So laufe ich also draußen auf der Terrasse hin und her. Bauarbeiter haben, warum auch immer, dort zwei Bordsteine liegen lassen. Die setze ich aufeinander und habe so eine Minitreppe an der ich üben kann. Damit ist für mich die Katastrophe vorerst mal gemeistert.

Am nächsten Wochenende, das jetzt einen Tag in dieser misslichen Situation, also übermorgen naht, darf ich heim. Ein Freund von mir wird mich Samstagmorgen abholen und, wenn ich das will, Sonntagabend wieder zurückbringen.

Die Klinik kann prinzipiell für diese Entwicklung nichts und versucht lediglich, in einer Notlage vernünftige Maßnahmen zu treffen. Das führt zu einer erheblichen Beeinträchtigung meiner Möglichkeiten, die Reha erfolgreich weiterzuführen. Ich erkundige mich, wann die nächste Entscheidungsfindung über die weitere Schließung der Stationen oder über die Aufhebung der Quarantäne getroffen werden wird. Das ist wohl im Laufe des Montagvormittags vorgesehen. Also lege ich für mich fest, und kommuniziere das auch klar und deutlich gegenüber der Stationsleitung, dass ich Sonntagabend wieder zurück sein werde. Dies allerdings nur, um die Entscheidung des Montaggremiums abzuwarten. Wenn die Quarantäne aufgehoben wird, werde ich bleiben, da ich ja dann meine Rehamaßnahmen weiterführen kann. Ist das nicht der Fall, werde ich auschecken, denn auf der Terrasse spazieren gehen kann ich daheim billiger und effektiver, da ich dort eine richtige Treppe habe und nichts simulieren muss. So erfahren die Entscheider auch gleich, welche wirtschaftlichen Auswirkungen ihre Ideen haben werden. Ganz nebenbei scheinen diese nämlich solche Situationen sehr selbstverliebt zu bearbeiten. Beim letzten Vorkommnis vor zwei Monaten wäre die Klinik wegen ihrer Handlungsweise nämlich in allen Fachkreisen und in einer Fachzeitschrift als vorbildlich gepriesen worden. Mir bringt das aber gar nichts und das sollen die auch wissen.

Samstagmorgen um 9.00 Uhr holt mich ein Freund dann ab. Ich habe für diesen Zweck wieder einen gerade verfügbaren SUV bekommen können. Dieser wird in unserer Firma derzeit nicht gebraucht steht daher zur freien Verfügung. In diesen Wagen kann ich wesentlich besser ein- und aussteigen. Wir bepacken meinen Rolli mit Schmutzwäsche und anderen Dingen, die ich gerne mitnehmen oder tauschen will, dann geht es nach den vielen Wochen zum ersten Mal heim. Ich freue mich sehr und will mal sehen, wie das im wirklichen Leben mit meinen Laufschwierigkeiten so geht.

Da ich ja immer schön geübt habe, komme ich auch mit der Kellertreppe und der Treppe ins 1. OG sehr gut klar. Ich lasse mir an beide Toiletten und in die Dusche jeweils eine Haltestange montieren. Das hilft wirklich erheblich. Ohne dass ich das beschreien will, aber es wäre ja auch möglich gewesen, dass ich falle und mich dabei verletze. Im Wohnzimmer habe ich einen Kaminofen, der auf Schwerlastrollen steht und sich drehen lässt. Schicke Sache eigentlich. Nur wenn man Holz nachlegen muss, ist das in meiner Situation etwas doof: Ofen drehen, Klappe mit Glasscheibe durch den Bimetallgriff öffnen, einmal umdrehen, Richtung Terrasse gehen, Tür öffnen, rausgehen, über eine halbe Stufe auf die Terrasse raus, Holzstück aufnehmen, die halbe Stufe wieder überwinden, das Holz in den Ofen legen, die Klappe wieder schließen und … Scheiße … Die Kraft der Schließung bewirkt einen Schub, der eine leichte Drehung des Ofens auslöst. Das reicht für meine Wackelbeine. Ich werde unsicher, rutsche ab, greife zum Glück nicht an den Ofen, denn der ist ja heiß, schmiere ab und lande auf Brille, Nase und Knien. Dabei bekommt die Brille eine Macke, sonst geht es glimpflich aus. Alles noch mal gut gegangen. Die Macke mit der Brille nehme ich hin. Es bleibt Gott sei Dank mein einziger Sturz in all der Zeit. Einen Schnaps drauf und die Sache ist vergessen. So ich habe mich also in mein Daheim richtig reingeschmust und gehe leicht lädiert an diesem Samstagabend in mein eigenes Bett – müde, kaputt und glücklich, dass ich es so weit geschafft habe.

Der darauf folgende Sonntag daheim ist eher unspektakulär, bis auf den Umstand, dass ich ja zur Entscheidungsschlacht der Quarantäne wieder in die Rehaklinik zurück muss. Mein Freund fährt mich und ich erfahre nach der Ankunft, dass die Lage unverändert ist. Alle hoffen auf eine Rücknahme der Quarantäneregelungen am nächsten Tag. Ich schlafe vorerst zufrieden ein, weil ich ja jetzt weiß, dass es auch einen Ausweg gibt.

So beginnt am nächsten Morgen eine neue Woche, ein neues Glück sozusagen. Gleich morgens frage ich nach der allgemeinen Lage. Man rechnet mit einer Entscheidung am Vormittag. Die kommt dann auch tatsächlich: Die Quarantäne wird aufgehoben. Im Grunde bin ich sehr froh darüber. Gerade das Wochenende hat mir gezeigt, dass die ganz normalen Dinge eben für mich doch noch sehr anstrengend und schwer zu bewältigen sind. Es ist erst die Hälfte meiner Zeit um und ich könnte, so wird mir bei der Visite signalisiert, auch sicher noch ein, zwei Wochen Verlängerung bekommen.

Der Montag dient noch im Wesentlichen dem eigenen Üben. Es braucht seine Zeit, bis der Regelbetrieb wieder aufgenommen wird.

An den nächsten Tagen bin ich mal wieder zur Massage eingeteilt, diesmal aber in den dafür vorgesehenen Behandlungsräumen beziehungsweise durch Vorhänge abgeteilten Liegeflächen in einem großen Raum im Erdgeschoss. Meine Masseurin wagt sich tatsächlich diesmal an meine Beine und ich bin das erste Mal mit dieser Anwendung einigermaßen zufrieden.
Dann habe ich *Bodengruppe*. Es geht dabei um ganz einfache Übungen auf solchen Matten, wie ich sie das letzte Mal im Turnunterricht in der Schule gesehen habe. Wir sind vier Patienten in dieser Gruppe und jeder darf und soll die Übungen so machen, wie

er eben kann. Alleine schon aus dem Stand auf den Boden zu kommen, ist für mich ohne Hilfe nicht möglich. Eine Erkenntnis, die ich nicht gerade toll finde. Also arretiere ich meinen Rollator und hangele mich langsam nach unten. Dort sitzend kann ich alles, was vorgemacht wird, so gerade mal andeutungsweise nachmachen. Sehr anstrengend und doch, wie auch bei den anderen Anwendungen, erstaunlich, dass es von einem auf den anderen Tag besser wird. Es ist so, also ob mein Körper völlig vergessen hätte, wie die einzelnen Bewegungen ablaufen. Sobald ich ihm das aber zeige und sage *mach es nach*, geht das … erst mal schlecht, aber er merkt es sich und beim zweiten Mal ist das Problem schon wesentlich kleiner. Übrigens nehme ich den Rollator nur noch zu den Anwendungen mit, sozusagen als moralische Unterstützung und als Selbsthilfeapparat, damit der Trainer nicht ständig helfend eingreifen muss.

Eine andere Gruppe ist die *Stehgruppe*. Dort stehen zehn Patienten im Kreis und halten Holzkegel in Händen. Mit diesen wird dann stehend alles Mögliche angestellt: über Kopf und Rücken von der rechten Hand in die linke geben, dann von der linken wieder in die rechte Hand und von unten zum Rücken über den Kopf und wieder zurück. Das hört sich einfach an, ist es aber nur für Gesunde. Ich kann stehen, alleine, ohne etwas zum Festhalten, aber nicht sehr lange; ich wackele und die geringste Einwirkung von außen oder Bewegung lässt mich straucheln und ich muss mich irgendwo halten oder anlehnen. Meinen Rollator stelle ich hinter mich, lehne mich an und so kann ich die Übungen mitmachen und sicherer werden. Wir bekommen eine Aufgabe: Morgens beim Zähneputzen sollen wir uns abwechselnd auf das linke und das rechte Bein stellen und das jeweils andere in Kniehöhe anwinkeln. Wenn wir das können, dann wäre das mit dem freien Stehen kein Problem mehr und Übung macht den Meister.

Einmal mittags habe ich *Hockergruppe* und bin wieder einmal überzeugt, dass der, der das einteilt, zeitweise Matsch in der Birne haben muss. Was tun wir? Sieben Menschen sitzen unbequem in einem Kreis auf kleinen Hockern. Der Trainer wirft einen Ball und bestimmt die Reihenfolge der Weitergabe dieses Balles. Dazu gibt es eine Aufgabe: Entweder muss man den Namen desjenigen nennen, dem man den Ball zuwirft, oder aber den Namen desjenigen, von dem man den Ball bekomme, oder beides. Dazu gibt es dann einfache Rechenaufgaben. Das Ganze dauert eine halbe Stunde. Nun, die Patienten die außer mir teilnehmen, haben deutliche Anzeichen von Demenz, Sprachstörungen, Koordinationsprobleme und ich merke, wie wichtig das für die ist und wie sie sich freuen, wenn sie die Aufgaben bewältigen können. Was ich hier soll, ist mir jedoch nicht klar. Ich sollte besser Beinarbeit auf dem Boden oder Standübungen machen. Was mir auffällt ist, dass ich nur bei der Hälfte der Menschen erkennbare Beeinträchtigungen sehe, den anderen ist das nicht anzusehen. Das ist für diese Leute gefährlich – und für alle anderen, wenn sie einer Fehleinschätzung unterliegen und zum Beispiel so jemanden als vollwertigen Fußgänger einstufen, dieser aber Fußgängerüberweg, rote Ampel, fahrendes Auto etc. nicht rechtzeitig im Kopf zusammengebaut bekommt. Diese Gruppe sieht mich dann auch nie wieder.

Fleißig bin ich nach wie vor beim Muskelaufbau an den Geräten und bei den Physiotherapieterminen.

Ich bin jetzt 15 Tage hier und es ist wieder Visite. Ich erkläre, dass ich nach fünf weiteren Tagen entlassen werden möchte. Die beiden Ärztinnen sehen das eher kritisch. Ich muss vormachen, dass ich ohne Gehhilfen laufen kann. Das kann ich. Sie schauen, ob ich mit den Füßen beim Gehen abrolle, wegen der Standsicherheit und der Thrombosegefahr. Dagegen bekomme ich übrigens jeden Tag eine

Bauchspritze. Also, da kommt dann abends jemand vorbei und spritzt mir ein Mittel, dass mein Blut verdünnen soll, um die Thrombose zu verhindern. Na ja, schön ist echt anders. Dann erkläre ich meinen Plan: Wie schon berichtet hat mich ein Freund auf die Kanarischen Inseln, nach Fuerteventura eingeladen. Dieser Einladung will ich folgen. Luftveränderung, Sonne und Meer haben noch niemandem geschadet und ich freue mich auf ein paar Tage Urlaub. Außerdem will ich die Zeit nutzen und dort irgendwie auch an meiner Lauf-kunst arbeiten. Die Ärztinnen möchten mich zwar lieber behalten, haben aber einer Entlassung keine medizinischen Gründe entgegen-zusetzen. Also werde ich in fünf Tagen auf freien Fuß gesetzt.

Im Anschluss buche ich ganz schnell meinen Flug. Wegen anderer Termine kann ich nicht, wie ursprünglich vorgesehen, eine Woche bleiben, sondern nur fünf Tage. Ganz wesentlich wird das von den Flugzeiten bestimmt. Immerhin fast 500,- Euro muss ich ausgeben, um von Frankfurt aus zu starten und auch dort wieder anzukommen. Die Einzelheiten meiner Ankunft kläre ich dann mit meinem Freund ab. Wir freuen uns beide, dass das jetzt klappt.

Faktisch habe ich noch drei Rehatage und ein Wochenende. Jetzt geht es mit verstärkter Kraft in die Physiotherapie. Wir gehen nur noch raus, über Kieselsteine, Treppen rauf und runter, über Rasen, Sandflächen und in den Wald. Das ist echt Klasse und wirklich nicht einfach. Jede kleine Unebenheit bringt mich zum Straucheln. Stei-gungen, über Wurzeln gehen und dafür den Fuß heben, ein kleines Minigefälle ... alles Schwierigkeiten, die ewig Zeit in Anspruch nehmen, bis ich sie endlich überwunden habe. Wirklich Schritt für Schritt stützend, fordernd, laufend und pausierend, ist meine Phy-siotherapeutin immer dabei und trainiert mich, damit ich in der wirklichen Welt wieder leben und mich bewegen kann. Ohne diese intensiven Trainingseinheiten wäre wohl aus Fuerteventura nichts geworden.

Am Wochenende daheim mache ich weiter und versuche, meine Hofeinfahrt hochzulaufen beziehungsweise überhaupt zu laufen. Dazu habe ich mir diese schon oft gesehenen Nordic-Walking-Stöcke geholt. Damit geht das prinzipiell ganz gut.

Schließlich steht die Entlassung an, ein Freund holt mich ab. Den Entlassungsbericht nehme ich gleich mit, denn noch während der letzten Tage habe ich mich zur Tages-Reha in der Kreisstadt, nur zwölf Kilometer von meinem Wohnort entfernt, angemeldet.
Das ist aber alles gar nicht so einfach. Erst einmal muss ein Platz frei sein. Dann muss das diesmal der Rentenversicherungsträger genehmigen, da die Krankenkasse keine Leistungspflicht mehr hat. Wieder was gelernt. Das alles geht natürlich nur mit Anträgen, Entlassungsberichten und Stellungnahmen des Hausarztes. Immerhin, ich habe eine Genehmigung erhalten.

Endlich wieder emotional daheim angekommen, packe ich aus und gleich wieder ein. Nach Fuerteventura will ich nur Handgepäck mitnehmen, es sind ja nur fünf Tage. Einen kleinen Koffer mit Rollen und einem langen stabilen Ausziehgriff habe ich mir geliehen. Wenn der voll ist, hat er den Vorteil, dass ich ihn als Gehilfe und Stütze nehmen kann. Also packe ich rein was geht und lege mich früh schlafen.

Um drei Uhr morgens muss ich schon aufstehen. Ein weiterer guter Freund hat es sich nicht nehmen lassen, mich zu fahren. Dafür kommt er extra 150 Kilometer weit angefahren, schläft die Nacht mehr schlecht als recht bei mir im Ort in seinem leer stehenden Elternhaus. Ja, so kann es gehen. Er will eben auch was tun, und wenn es sich auch blöd anhört: Ich mache das für ihn, denn es wäre allemal einfacher gewesen, jemanden aus dem Ort um den Gefallen zu bitten. Es geht also kurz vor vier los. Ich quetsche mich irgendwie in sein Cabrio und nachdem ich das Einstiegsproblem gelöst habe, ist alles gut. Ich sitze bequem und wir fahren Richtung Frankfurt.

Dort kommen wir so kurz nach fünf an. Mein Freund lädt mich mit meinem Rollkoffer aus und ich mache mich mit Stöcken und Koffer auf den Weg zum Abfluggate. Ein-, zweimal muss ich Pause machen, denn zum einen sind die Wege im Frankfurter Flughafen grundsätzlich weit und zum anderen habe ich sehr wenig Kondition.

Nachdem ich auf der Anzeigetafel mein Gate gefunden habe, geht es problemlos weiter. Ich darf die Behindertenstationen nutzen, vor allem bei der Sicherheitskontrolle – die sind sehr nett zu mir. Ich darf mich setzen, während mein Gepäck durchläuft und ich, also mein Körper, meine Kleidung und meine Schuhe, kontrolliert werden – denn ich piepe ja. Mit einer Metallklammer innen drin ist man immer beim Piepen dabei. Nachdem ich das dann alles in Ruhe abwickeln konnte, gehe ich weiter und habe Glück. Das Gate liegt gleich am Anfang und nach nur 50 Metern bin ich im Wartebereich vor dem Einchecken angekommen.

Eine knappe Dreiviertelstunde habe ich noch bis zum Boarding. Ich entscheide mich fürs Stehen. Ich darf und soll ja alles tun, nur möglichst nichts übertreiben. Eine Stunde Auto fahren, eine halbe Stunde sitzen, laufen und jetzt eben stehen … *Passt*, denke ich. Immerhin habe ich vier Stunden Flug vor mir, das ist eigentlich zu lange und da schwebt ja auch noch immer das Thromboserisiko im Raum. Um das einzuschränken, habe ich Thrombosestrümpfe bis zum Knie besorgt und angelegt.

Dann geht es los. Kleine Kinder und Behinderte zuerst. Also gehe ich los und werde eingecheckt, Bordkarte abgerissen und … es gibt keinen Aufzug. Mit Koffer die zwei Treppen runter geht nicht. Sofort helfen mir andere Reisende. Dafür bin ich ihnen sehr dankbar und fühle mich richtig behindert. Unten angekommen geht es ein paar Meter zum Bus. Der bringt uns an den hinteren Einstieg der Boeing 737.

Jetzt wollen mir ständig alle helfen und ich muss zusehen, dass das nicht überhand nimmt. Auf der einen Seite bin ich bei Treppen und Stufen dankbar für die Hilfe, gleichzeitig bemühe ich mich aber bei meinen freundlichen Helfern um die Rückgabe des Koffers, da ich den als Stütze auf ebenen Flächen benötige, sonst falle ich um. Gar nicht so einfach für hilfsbereite Unbehinderte zu verstehen, was ich brauche und was ich eben nicht brauchen kann beziehungsweise was meine Situation eher erschwert.

Die Treppe zum Flieger komme ich dann alleine mit Koffer hoch. Diesen kann ich dann auch in die Deckenbox wuchten und lasse mich in meinen Sessel fallen. Kurz überlege ich, gegen einen Gangplatz zu tauschen. Allerdings habe ich diesen Flug noch nicht am Fenster erlebt. So bleibe ich und es lohnt sich wirklich. Wir sind ja sehr früh am Morgen unterwegs, die Sicht ist klar und ich habe grandiose Aussichten über die Bergmassive und später das kurze Stück Meer, bis wir auf der Insel landen.

Mein Freund hat mich eingewiesen und ich besorge mir eine Karte für den Bustransfer. Der Bus steht nicht weit weg, mein Köfferchen ist schnell verpackt und ich suche mir einen Sitzplatz. Mit mir und dem Fahrer sind noch vier Paare unterwegs. Ich genieße den Eindruck der Insel, es ist fast eine Stunde Fahrzeit. Wir halten an zwei Klubs und entladen nach und nach meine Mitreisenden. Als Letzter verlasse ich dann, im Süden der Insel, den Bus. Das kahle Land, das ich zu sehen bekomme, ist wie aus einem Wildwestfilm der 70er-Jahre und spricht mich nicht wirklich an. Also keine Landschaft, die ich mehrfach besuchen muss.

Das trifft übrigens auch auf die Nachbarinsel Lanzarote zu. Diese durfte ich vor etwas über einem Jahr auf Einladung eines anderen Freundes kennenlernen. Der ist dort *Resident*, hat also einen schicken sehr großen Bungalow mit einmaligem Meerblick, eigentlich zwei davon nebeneinander, mit mehreren Appartements. Jeder hat ja so sein Hobby beziehungsweise Lebensstil. Noch mit voller körperlicher Funktionsfähigkeit und Kraft durfte ich als Gastsegler an einem *44er-Race* teilnehmen. Ein ganz besonderes Erlebnis.

Also raus aus dem Bus, Übernahme des kleinen Koffers, Trinkgeld für den Fahrer und rein in die Anlage des Klubs. Ich überquere den Begrüßungs- und Abschiedsbereich, entere die Rezeption und nenne meinen Namen. Tatsächlich gibt es eine Reservierung. Ich werde noch mal auf das in diesem Klub übliche *Du* hingewiesen und dass ich nicht mit echtem Geld bezahlen kann. Auf einer Plastikkarte würde alles gespeichert und am Ende abgerechnet. Es handelt sich um einen All-inklusive-Klub.

Nach diesen kurzen Formalitäten gehe ich mein Zimmer suchen. Ich bin in den *Pueblos* untergebracht. Das sind zweigeschossige Bauten. Ebenerdig habe ich ein Zweibettzimmer, das wohl erst kürzlich renoviert wurde. Alles pikfein und sehr modern. Von Anfang an fühle ich mich wohl. Über eine große Terrassentür, vor die ich nachts eine verriegelbare Mückenwand schieben kann, komme ich auf eine schöne Terrasse mit Blick auf einen Rasen, der von einem Weg durchlaufen wird. Ich schätze mal so 50 Meter, dann wird die Anlage von einer drei Meter hohen Mauer begrenzt.

Soweit alles perfekt. Ich stelle den Koffer ab, entledige mich meiner Jacke und meiner Tasche. Dann gehe ich den Klub erkunden und meinen Freund und seine Frau suchen. Als ich zur Rezeption gehe, kommt er mir entgegen, breitet seine Arme aus, empfängt mich sehr herzlich und drückt mich fest. Ich gebe das so gut wie möglich zurück, bitte aber darum, dass er mich mit seinem Temperament nicht umschubst. Wir suchen gemeinsam seine Frau und auch hier wieder herzliche Begrüßung.

Die Mittagszeit ist noch nicht ganz vorbei und so kann ich mich am großen Buffet noch bedienen und Weißweinschorle soll es hier auch geben. So gestärkt mache ich erst mal Pause. Wir haben jetzt frühen Nachmittag und ich bin bettreif. Die nächsten Stunden ziehe ich mich also zurück.

Gegen 18.00 Uhr wird es hier schon wieder dunkel. Da gilt es dann, sich für das Dinner fein zu machen. Es ist angesagt, sich zur Würdigung des großen Themenbuffets entsprechend ein klein wenig festlich zu kleiden. Meinen Freunden sage ich zu, bis spätestens 18.30 Uhr am Tisch zu sein. Reservierungen sind grundsätzlich nicht möglich und auch nicht erwünscht. Da er aber insgesamt zwei Monate dort weilt und davon schon ein paar Wochen um sind, hat er sich ein selbst gebasteltes Reservierungsschild an einem bestimmten Tisch aufgestellt, den er mir am Nachmittag gezeigt hat. Das wird stillschweigend geduldet.

Letztlich schaffe ich es einigermaßen pünktlich und auch vernünftig angezogen. Die Auswahl ist da bei mir nicht allzu groß, da eben *Handgepäck* kein Reisekoffer ist. Um diese Versorgungslage etwas zu verbessern, beschieße ich am nächsten Tag wenigsten ein, zwei Hemden zu kaufen.

Das Angebot am Abendbuffet ist fantastisch. Jeden Abend gibt es ein besonderes Motto, an dem sich dann die angebotenen Speisen aber auch die Deko und die Kleidung der Angestellten orientieren. Wirklich schick das Ganze, aber in geschlossenen Räumen. Sehr warm. Ich empfinde das für mich in meiner Situation einfach anstrengend.

Da es keine Reservierungen gibt, wechseln die Gäste an den Tischen und so lernt man gewollt immer wieder andere Menschen kennen. Übrigens bin ich nicht der einzige Freund, der hier zu Besuch ist. Ein Ehepaar, das ich von Deutschland auch als enge Bekannte meines Freundes kenne, ist ebenfalls da. Ich erfahre, dass sie aber nicht im Klub wohnen, sondern in einer Wohnanlage auf der anderen Straßenseite. Dort sind die Preise wohl nur ein Viertel so hoch wie in diesem Klub. Es gibt die Möglichkeit, Tagestickets zu erwerben, was die beiden auch tun und dann immer so gegen Mittag bei uns auftauchen. Sie bleiben meist den ganzen Nachmittag und genießen das Abendbuffet gemeinsam mit uns. Der Preis ist aber nicht alles, was die beiden davon abhält, im Klub zu leben. In Deutschland sind die zwei sowohl geschäftlich als auch privat sehr aktiv. Eine Party löst die andere ab und auf Dauer ist das sehr anstrengend und ungesund. Seit ein paar Jahren haben sie sich deshalb auch auf Ibiza ein Ferienrefugium angeschafft. Jetzt sind sie ja hier, um ihren, meinen Freund zu besuchen und wollen sich weder den Rummel noch die Zwänge des Clublebens antun. Jeder so, wie es zu den persönlichen Wohlfühlgedanken passt.

Wir essen und trinken in aller Ruhe. Es gibt guten Wein und mein Freund lässt mich einen Weißwein aussuchen. Der Hauswein, weiß oder rot, ist im Preis inbegriffen, dafür schmeckt er aber nicht besonders gut.

Nach zwei Stunden schlemmen gibt es noch einen Absacker an der Bar und relativ früh ziehe ich mich auf mein Zimmer zurück.

Von sieben bis elf gibt es im Restaurant ein Frühstücksangebot mit allem, was das Herz begehrt. Ab elf Uhr gibt es dann in der Strandbar das *Latemorning Breakfast*. Diese Bar ist wie ein Restaurant mit Terrasse Richtung Meerseite gebaut. Wirklich sehr hübsch und gemütlich. Dort ist auch der Ausgang aus dem sonst völlig abgeschotteten Klub. Wenn man den Klub verlässt, betritt man zuerst eine Promenade und von dort geht es über Treppen zum Strand.

Wenn ich mein Zimmer verlasse, nehme ich immer meine Stöcke mit. Im Restaurantbereich bewege ich mich dann frei. Das sieht zwar abenteuerlich aus, besonders wenn ich mit einem gefüllten Teller an den Tisch zurückgehe, funktioniert aber. Es passiert nie etwas, ich bin vorsichtig und mein Stand ist sicherer, als sich das für einen Betrachter darstellt. Außerdem will ich in das normale Leben zurück, muss mich also anstrengen.

Nur einmal stürze ich. Gleich am ersten Morgen auf dem Weg vom Frühstücksbereich in mein Zimmer strauchele ich an einer Bodenlampe. Diese sind in den Weg eingelassen, stehen aber leicht erhöht ein paar Zentimeter über den Boden hoch. Eine typische Stolperfalle. Es passiert zum Glück nichts und ein paar andere Gäste helfen mir aufstehen.

Ich gehe mich für den Strand umziehen. Dort will ich auf jeden Fall hin. Als natürliche Barriere liegt der Querriegelbau, die Strandbar vor mir. Dort sitzen alle meine Freunde und ich muss erst mal einkehren. Wir machen es uns angenehm und die Zeit geht dahin. Ich spüre Urlaubsgefühle. Mein Freund drängelt ein bisschen. Er will mir den Klub insgesamt zeigen und mir die Möglichkeit geben, im Wellnessbereich ein paar schicke Dinge für meinen Körper zu buchen.

Über eine Poollandschaft, die zwischen Restauration und Grenzmauer zum Meer errichtet wurde, wandern wir erst mal zu den Tennisplätzen. Dabei erklärt er mir, dass im ersten Stock über der Poolbar der Gerätetrainingsraum liegt. Dort will er mich auch anmelden, damit ich mit einem Personaltrainer meine körperliche Konstitution verbessern kann. Ich kann ihn davon überzeugen, dass dies auch noch am nächsten Tag, wenn ich mich etwas eingelebt habe, erledigt werden kann. Also kommen wir Schritt für Schritt der Wellnessoase näher. Abgeschirmt von allem anderen kann man dort nackt sonnenbaden oder Körperwohlfühlprogramme buchen. Und tatsächlich, auch physiotherapeutische Behandlungen werden angeboten. Gegen Abend ist noch ein Termin frei und den nehme ich gleich an. Sonstige Verpflichtungen habe ich ja keine. Das lief schon mal perfekt. Jetzt will ich an den Strand. Mein Freund zeigt mir, wie ich dorthin gelange. Gleich nach der Sportanlage gibt es noch eine Ausgangstür auf die Promenade. Diese geht durch die Mauer , die eigentlich ein Gebäude umgrenzt, in dem die Tauch-, Surf- und Segelschule des Klubs untergebracht ist. So erfahre ich, dass mein Freund und seine Frau gerade einen Katamaran-, kurz: CAT-Lehrgang machen, heute noch üben und morgen das Prüfungssegeln vorgesehen ist. Interessant für mich; als passionierter Segler finde ich natürlich solche Aktivitäten klasse. Diesen Schein habe ich vor zehn Jahren auf der Insel Rhodos auch gemacht. Das war wirklich sehr schön aber körperlich auch anstrengend.

Er geht dann zu seiner Segelstunde und ich will den Strand erobern. Über die Treppen komme ich von der Promenade aus ganz gut in den Sand. Dort stelle ich dann meine Schuhe ab. Normalerweise laufe ich auch ohne Sand ganz gerne barfuß. Die Schuhe geben mir aber beim Laufen mehr Halt. Außerdem kann ich die drei kleinen Zehen am rechten Fuß nicht kontrollieren. Diese hängen leicht nach unten und ich laufe Gefahr, auf festem Boden mit diesen Zehen hängen zu bleiben und mich zu verletzen. Umso angenehmer ist es jetzt für mich, den Sand mit den nackten Füßen zu spüren und keine Angst um meine Zehen haben zu müssen.

Erst einmal bin ich im tiefen Sand des hinteren Strandbereiches und kämpfe mich mit meinen Stöcken Richtung Wasserlinie. Das ist richtig anstrengend. Genauso habe ich mir das vorgestellt. Eine sehr natürliche ungefährliche Gangart. Was soll schon passieren? Im schlimmsten Fall lande ich unsanft im Sand. Also vorwärts, vielleicht 50 Meter Richtung Wasser und zum nassen und damit härteren Sand, direkt da unten, wo das Wasser an Land kommt. Dort unten wird es dann leichter. Ich bin also auf dem feuchten festen Sand angekommen und wende mich nach rechts. Die Uferpromenade läuft an einem Berg aufsteigend weiter, bis zu einem kleinen Dorf, das sich in den Einschnitt zwischen zwei Hügeln einschmiegt. Nach zwei-, dreihundert Metern ist mein Akku leer und es reicht für heute. Ich sehe zu, dass ich zurückwandere. Ich will vor der Physioanwendung noch ein Schläfchen machen.

Mich erwartet zur Physioanwendung ein junger Mann, dem ich meine Probleme schildere. Er will mit mir verschiedene Übungen jeweils auf dem Bauch beziehungsweise Rücken liegend machen. Tut er auch. Mal arbeitet er an der Beweglichkeit meiner Glieder und mal muss ich was tun. Strecken, gegendrücken, anziehen … Das Ganze geht tatsächlich fast eine Stunde und tut mir sehr gut. Im Gespräch erfahre ich, dass er gerade vor vier Wochen in Baden-Württemberg seine Prüfung zum staatlich anerkannten Physiotherapeuten erfolgreich abgelegt hat. Eigentlich wollte er zuerst einmal auf ein Schiff und dort eine Zeit lang arbeiten. Er hat aber keine Zusage bekommen. Der Klub hat ihn nach einem Vorstellungsgespräch genommen. Jetzt ist er hier und versucht, seine Kenntnisse einzusetzen. Nachdem das alles gut war, vereinbaren wir wieder einen Termin, allerdings für den übernächsten Tag. Übertreiben will ich es auch nicht.

Wieder zurück, mache ich mich für das Abenddiner fertig. Ich freue mich sehr auf meinen Freund und seine Frau. Wir verbringen wieder einen tollen Abend. Mit der Frau des anderen gerade zu Besuch weilenden Freundes, verabrede ich mich für den nächsten Vormittag zum Shopping. Der nächste Tag ist großer Ab- und Anreisetag. Deshalb gibt es dann ein Galadiner und man erwartet eine etwas festlichere Kleidung. Mindestens ein weißes Hemd und das habe ich nicht dabei.

Um zehn, nach dem Frühstück, holt sie mich ab. Wir gehen durch das große Tor und landen auf der Hauptverkehrsstraße. Zebrastreifen zu überqueren ist hier kein Problem. Man spricht von Strafen in Höhe von 300,- Euro, wenn einer die Fußgänger nicht gewähren lässt. Das ist eine elende Stop-and-go-Fahrt für so einen armen Autofahrer. Für Fußgänger ist es natürlich Klasse. Das geht bei mir leider alles sehr, sehr langsam. Dennoch kämpfe ich mich mit meiner Begleitung insgesamt 500 Meter an die Shoppingmeile heran. Wirklich nichts Besonderes, was ich da sehe, aber immerhin: ein paar brauchbare Geschäfte gibt es. An diesem Tag erwerbe ich für sehr vernünftige Preise eine dreiviertellange Hose und ein weißes Baumwollhemd legerer Schnittart.

So und jetzt habe ich Durst. Also mache ich den Vorschlag, in einem der Straßencafés eine Pause im Schatten einzulegen. Es gibt leckeren Weißwein mit Wasser und Kaffee. Alles bestens also. Dann kämpfe ich mich wieder zurück, bedanke mich artig bei meiner Begleiterin und bringe den *Catch of the Day* auf meine Bude.

Eine halbe Stunde Ruhe und es geht weiter.

Zum Essen haben mein Freund und ich vereinbart, uns statt des Mittagessens eine große Portion Eis zu gönnen. Das ist genau das Richtige für uns. Sonne, Eis, relative Ruhe – alles ist gut.

Nach dem Essen wollen wir alle zusammen in das benachbarte ehemalige Fischerdorf gehen. Für mich ist es eine Laufübung. Auf den Geräteraum und die Trainer will ich verzichten. Das kann ich ja zu Hause auch haben. Wir starten über die Beachbar in die Freiheit von Strand und Wasser, dann geht es in die Richtung, die ich auch gestern schon eingeschlagen hatte. Jetzt, da mein Freund mich begleitet, habe ich mehr Mut, den gesamten Weg zurückzulegen.

Wenn etwas wäre, könnte er mir helfen und ich finde es großartig, dass er sich so um mich kümmert. Die anderen drei nehmen den Promenadenweg. Ich zähle immer 150 Schritte ab, dann halten wir kurz an. So brauchen wir bei ca. 1400 Schritten für den einfachen Weg insgesamt fast eine Stunde. Immerhin kommen wir an.

Wir rasten wieder in einem Café und nehmen einen Drink. Fast zur gleichen Zeit kommen auch die anderen drei an. Wir bilden eine kleine lustige Reisegruppe mit mir als Quotenbehindertem. Übrigens gibt es sehr viele Menschen, die hier am Stock oder mit Krücken gehen beziehungsweise die auch schon besser, aber immer noch mit Schwierigkeiten laufen. Alleine im Klub habe ich schon zwölf solcher Gäste gezählt. Ich finde das bemerkenswert.

Nach einer halben Stunde Pause – denn ich habe ja in der Reha gelernt: *Pausen steigern Leistung* – geht es zuerst ein relativ ebenes Stück auf der Promenade und dann über eine Treppe wieder runter zum Strand und zurück.

An den nächsten drei Tagen wiederholen wir diese Wanderung jeweils einmal und ich steigere die Schrittzahl um 50 bis zu der kurzen Verschnaufpause, also 200, dann 250. Richtig stolz bin ich auf mich und meinem Freund dankbar für seine redliche Unterstützung. Mal ganz abgesehen von den vielen schönen freundschaftlichen Gesprächen, für die wir ja so sehr viel Zeit haben.

Bis heute, da ich diese Zeilen schreibe, habe ich mich auf 750 Schritte ohne Pause gesteigert. Derzeit kann ich meist nur einmal die Woche laufen, aber besser als nichts.

Am letzten Tag vor meiner Abreise gehen wir außerdem mal ohne Stöcke am Strand ein wenig auf und ab, hin und her, Minihügelchen hinauf und hinab; hinsetzen ohne Hilfe und wieder aufstehen mit seiner Hilfe. Das ist wirklich das Beste, was ich für meine Beweglichkeit und Kondition tun kann. Jetzt sind wir aber wieder zurück und ich muss noch ein, zwei Stunden schlafen, bevor ich mich für den Abend chic mache.

Das neu erworbene Hemd kommt zum Einsatz. Das Team des Klubs gibt sich an diesem Abend besondere Mühe. Nach dem Essen gibt es, wie vom *Traumschiff* her bekannt, einen kleinen Umzug aller Mitarbeiter durch die sitzenden Gäste, Wunderkerzen, Musik und viel Applaus. Im Anschluss besteht die Möglichkeit, eine Musical-aufführung im *Theatro* zu besuchen. Für mich ist das zu anstrengend, aber für einen Cocktail an der Bar vor dem Zubettgehen bin ich immer zu haben. Danach rappele ich mich auf und wanke stark ermüdet zu meinem Zimmer. Ein echt toller Tag.

Mein Freund will mir am nächsten Tag noch unbedingt ein Geschäft zeigen, das allerdings am Ende der Shoppingmeile liegt, da es dort ganz besonders schicke weiße Sachen geben soll. Warum nicht. Wir gehen gleich morgens los. Die Tour fällt mir auf jeden Fall leichter als beim letzten Mal. Ich zeige ihm, wo meine Einkaufserfolge waren und wir gehen noch mal ungefähr die gleiche Strecke weiter. Toll finde ich das ehrlich gesagt nicht, denn es ist nun mal sehr anstrengend für mich. Ich will meinem Freund aber den Gefallen tun und so landen wir dann auch irgendwann in dem Laden, der wirklich ausschließlich weiße Sachen für Frauen und Männer anbietet. Ja und wirklich, ich finde etwas Passendes: weiße Hosen mit Gummibund und Gürtel. Der Gürtel dient praktisch nur der Optik. Das macht sich gut, weil der Gummizug sich wegen meinem Bauchkatheder besser tragen lässt. Dazu ein weißes Shirt mit langen Armen, die aber aufzuwickeln und mit einer Schlaufe am Oberarm zu befestigen sind. Ja, das gefällt mir gut. Die Anstrengung hat sich gelohnt. Wir laufen wieder zurück. Auf dem Rückweg machen wir noch mal Halt und suchen drei Schals aus: einen für mich, einen für die Frau von meinem Freund und einen als Mitbringsel für Daheim. Dann geht es wieder in den Klub, denn ich habe Physiostunde.

Danach lege ich mich im Ruhebereich der Wellnessoase eine Stunde aufs Ohr, erhole mich von den Anstrengungen des Vormittags und komme gerade noch rechtzeitig zum Eisessen an den Pool – nach 14.00 Uhr gibt es nämlich nichts mehr. Als wir dann frisch und munter sind, geht es wieder an den Strand, um mein Training vom Vortag mit 50 Schritten mehr je Laufgang zu wiederholen. Als wir nach zweieinhalb Stunden zurückkehren, muss ich mich hinlegen. Ich bin fix und fertig.

An diesem Abend schaffe ich es nicht pünktlich zum Essen. Als meine Freunde anklopfen, um mich abzuholen, muss ich absagen. Ich bin gerade erst ins Bad und da brauche ich ja sehr lange. Eine Stunde später, aber immerhin, bin ich dann am Tisch. Es schmeckt wieder alles hervorragend. Aber ganz ehrlich, ohne Klub und Freunde hätte ich mir das an diesem Tag einfach geschenkt. Ob das richtig und besser gewesen wäre, weiß ich nicht. Tatsächlich hätte ich das ja alles in Deutschland irgendwo in einem Ferienhotel viel einfacher und auch nicht teurer haben können. Hier muss ich aber etwas tun und kann mich nicht verdrücken. Alleine schon, dass mein Freund sich ständig kümmert, motiviert mich, das auch zu würdigen, nicht zu versauern, sondern mich ständig selbst aufzuraffen und zu fordern. Wahrscheinlich ist das das Beste für mich gewesen.

Nach dem Essen geht es diesmal schnurstracks ins Bett. Neuer Tag neues Glück. Vielmehr habe ich nicht mehr vor.

Die beiden anderen Freunde beziehungsweise das andere Paar reisen an diesem Tag ab und wir verabschieden die beiden, bevor sie entschwinden. Danach geht es wieder in den Wellnessbereich. Ich habe keine Physioanwendung, da ich diesen und den nächsten Tag nicht mit Terminen belasten wollte. Dafür erhalte ich von der Frau meines Freundes eine Reiki-Behandlung, die meine Energie aufladen soll. Es ist nicht unangenehm, aber außer, dass mir dabei kalt wird, spüre ich nichts Wesentliches. Na ja, nicht alles kann die große Waffe sein. Es ist aber sehr lieb von ihr, dass sie sich um mich kümmern will.

Bevor wir wieder zur Strandwanderung aufbrechen, muss ich ein paar Stunden auf meine Freunde verzichten. Es ist Prüfungstag bei ihrem Segelkurs. Die beiden machen sich ohne mich auf den Weg. In der Zwischenzeit bin ich aber auch nicht faul und gehe zum Meer beziehungsweise zum unteren Teil des Strandes. Dort stehen die CATs die gerade nicht gebraucht werden. Das ist gut so, denn nach dem Marsch durch den Sand kann ich mich dort auf einen der Zigarrenrümpfe setzen und mir das Schauspiel ansehen.

Natürlich tragen alle Neoprenanzüge. Je ein Segellehrer hat einen CAT und mein Freund beziehungsweise seine Frau ebenfalls. Von hier aus ist nicht wirklich erkennbar, wer eigentlich wer sein soll. Wind ist ausreichend vorhanden und die kleinen CATs schießen über das Wasser. Bei der Prüfung ist wichtig, die Wendemanöver zu beherrschen und vor allem einen gekenterten CAT wieder aufzurichten. Dazu gibt es eine Leine, die man erwischen muss. Dann stemmen sich beide Segler mit den Beinen auf einen der Rümpfe und ziehen an der Leine, damit sich der CAT aufrichtet. Das ganze natürlich gegen den Wind, damit dieser, wenn das Segel langsam aus dem Wasser kommt, rein blasen und so wesentlich beim Aufrichten helfen kann. Im Anschluss müssen sich dann die Segler auf das Deck hochwuchten und schon kann es weitergehen. Hört sich einfach und lustig an und sieht vor allem sehr schön aus, das Ganze ist aber saumäßig anstrengend. Ob man das beherrscht oder nicht kann aber im Extremfall über das eigene Leben entscheiden. Es ist also nicht nur eine Prüfungsaufgabe, sondern ein Überlebenstraining für CAT-Segler.

Später kommen dann beide und sind glücklich, denn sie haben die Prüfung bestanden. Das freut mich sehr und es freut mich auch, dass die Erholung bei den beiden soweit fortgeschritten ist, dass sie zu solchen Dingen wieder Lust und Laune haben. Ich bin nicht neidisch, habe genug mit mir zu tun. Natürlich will ich das auch wieder machen können. Daran werde ich arbeiten. Ein letztes Mal geht es an den Strand, zu dem kleinen Fischerdorf und zurück.

Am nächsten Tag heißt es dann Abschied nehmen. Mein Flieger geht um die Mittagszeit und so habe ich am Vormittag keinen Stress. Ich buche wieder den Shuttleservice. Da ich ja im Klub war, werde ich am Haupteingang mit Sekt, Musik und meinen Freunden mit Fahnenschwenken groß verabschiedet. Das freut mich am Ende sehr. Ich glaube zwar nach wie vor, dass diese Art des Urlaubes auf absehbare Zeit nicht mein Weg sein wird. Einige Dinge aber finde ich außerordentlich liebenswert.

Der Fahrer wählt diesmal eine Strecke an der Küste entlang und so habe ich noch mal einen anderen auch sehr schönen Eindruck von Natur und Landschaft.

Am Flughafen angekommen habe ich ausreichend Zeit. Das Einchecken ist wie immer in diesen Ländern beim Abfliegen anstrengend, da viel zu wenig Schalter mit ewigen Warteschlangen fast eine Stunde Zeit fressen. Danach jedoch kann ich in Ruhe etwas essen, einen Kaffee genießen und relaxen. Die Wege sind für Behinderte wieder hervorragend zu nutzen. Allerdings muss ich zweimal den gesamten Wartebereich durchwandern, da das Abfluggate gerade dann geändert wird, als ich nach der ersten Ansage dort ankomme, wo es ursprünglich losgehen sollte.

Beim Boarding werde ich aufgrund meiner Gehbehinderung wieder vorgelassen. Diesmal habe ich mir einen Gangplatz ausgesucht, da ich meine Beine so besser ausstrecken kann. Durch die Zeitverschiebung und immerhin vier Stunden Flug komme ich dann im Dunklen in Frankfurt an. Aber alles ist bestens organisiert und ich werde abgeholt.

Jetzt endlich, an diesem Abend, komme ich nach sechs Wochen fast ununterbrochener Abwesenheit wie mit dem Gefühl *bleiben zu dürfen* zu Hause an. Ich bin froh. Ich feiere es in kleinem Kreis.

Die nächste Woche verläuft relativ unspektakulär. Jeden Tag mache ich, bewaffnet mit meinen Gehstöcken, einstündige Ausflüge in die Straßen rund um mein Haus und versuche bei jedem Ausflug, mit jeweils 50 Schritten mehr meine Leistung zu steigern. Arztbesuche, Besuche im Büro meines Unternehmens am Ort und Erledigungen im Homeoffice runden meinen Tagesablauf ab und geben mir auch genügend Beschäftigung.

Mit einem Freund mache ich dann die ersten Fahrversuche mit meinem SUV. Vor allem die Reaktionsgeschwindigkeit und das Bremsen will und muss ich üben, damit ich nicht mich oder andere gefährde. Auf einer Nebenstrecke ohne Verkehr, die am Waldrand endet, fahren wir hin und her. Ohne Vorankündigung ruft mein Freund dann *Hund* oder *Katze* und ich muss bremsen. Es funktioniert sehr schnell wieder sehr gut und so wage ich mich zurück in den Straßenverkehr. Längere Fahrten sind noch nicht drin, aber eine Stunde in das nächste Büro meiner Unternehmensgruppe traue ich mir zu.

Nach dieser Woche ohne feste Aufgaben stelle ich mich dann in der Klinik für Tages-Reha mit all meinen Untersuchungsberichten vor.

Im Sekretariat erhalte ich den obligatorischen Essensplan mit der Bitte, mich einzutragen. Das halte ich für blöd, da der Zeitplan mit mir ja noch gar nicht abgesprochen wurde. Aus Erfahrung weiß ich natürlich, dass solche Einwendungen völlig sinnlos sind. Also melde ich mich zum Essen an.

Vollkost wird vor Ort in der Klinikküche direkt jeden Tag frisch zubereitet. Vegetarisch oder Diätkost wird vom örtlichen Klinikum angeliefert. Wie ich später feststellen werde, ist es gute Hausmannskost, was man uns da auftischt. Danach erhalte ich gegen Quittung einen Schlüssel für meinen Spint Nr. 2 im 1. OG bei der *Umkleide Männer*. So muss ich nicht in Trainingskleidung anreisen, sondern kann mich morgens normal anziehen, wenn ich aus dem Haus gehe.

Nach einer Wartepause komme ich dann zur medizinischen Klinikleitung, um meinen aktuellen Zustand zu dokumentieren. Insgesamt gibt es wenig neue Erkenntnisse. Mein linkes Bein, genauer der Unterschenkel, ist zwei Zentimeter dicker als der rechte. Das, meint der Arzt, sollten wir auf jeden Fall im Untersuchungsbericht festhalten. Nach einer halben Stunde habe ich auch diesen Teil der Aufnahme hinter mir. Jetzt darf ich wieder ins Sekretariat im Erdgeschoss. Dort soll ich mit dem Disponenten meine Reha-Zeiten festlegen. Was heißt *ich soll*? Ich darf!

Da ich ja selbst mit dem Auto unterwegs bin, eröffnet man mir, die Möglichkeit meine Rehatage im Rahmen medizinischer Notwendigkeiten und der Organisation frei zu vereinbaren. So habe ich, was Anfang und Ende angeht, rund zwei Stunden Spielraum. Ich kann auch mal einen oder zwei Tage aussetzen. Insgesamt habe ich vom Rentenversicherungsträger 21 Tage genehmigt bekommen. Diese verplane ich im Anschluss bis auf die letzten 5 Tage, da ich gerade in diesem Zeitraum einen seit Monaten geplanten und gebuchten Urlaub antreten möchte. Ob und wie wir das dann mit den fünf Tagen machen, bleibt vorerst noch offen und wäre insbesondere mit der Rentenversicherung abzuklären.

Wir legen also meine Reha-Zeiten fest. An diesem Tag habe ich dann doch das erste Mittagessen und danach noch zwei Anwendungen, dann ist Schluss. An den nächsten Tagen soll es morgens zwischen neun und zehn losgehen. Das Ende ist dann, je nachdem wann wir anfangen, zwischen 15.00 und 16.00 Uhr. In der Regel sind sieben verschiedene Anwendungen geplant. Das sind immerhin zwei mehr als in der stationären Reha. Dort sind von fünf ja jeden Tag zwei bis drei ausgefallen. Hier erlebe ich dann die nächsten Tage, dass die das echt ernst meinen ... hier fällt nichts aus. Wenn einer der Therapeuten wirklich mal krank ist, übernimmt ein anderer.

Die Anwendungen sehen so aus, dass Massagen und Physiotherapien jeweils einzeln verabreicht werden, während alles andere in Gruppen erfolgt. Wir arbeiten mit Bällen, machen Gymnastik mit Musik und lernen so spielend, uns wieder sicherer zu bewegen. Menschen mit den unterschiedlichsten Behinderungen sind hier und mühen sich mit dem Gesundwerden ab.

Auch unter den Therapeuten gibt es Menschen mit Behinderungen. Eine sehr agile junge Frau, bei der ich in der Gruppe zu Musik hüpfe, springe, Arm und Beinkoordination mache, hat Sprachprobleme. Am Anfang ist sie etwas schwer zu verstehen, das gibt sich aber sehr bald. Alleine durch ihre sehr, sehr offene freundliche Art, die mit jeder Geste, jedem Blick sagt *Komm, mach mit, streng dich an, das Leben ist schön*, wirkt sie wahnsinnig sympathisch auf mich. Es ist schon eine Leistung, finde ich, mit einer Sprachbehinderung als Therapeutin zu arbeiten. Unerlässlich ist es ja, dass sie ständig redet und Anweisungen gibt. Das alles geht sehr gut und ihr Wesen animiert dazu, sich seiner Behinderung bewusst zu sein und an einer Besserung zu arbeiten.

Die erste Massage, die ich bekomme, macht ein Mann Anfang 30. Dieser erzählt mir, dass er an einem schönen Morgen aufgewacht sei und seinen Arm hatte nicht mehr bewegen konnte. Die Untersuchungen haben dann einen Gehirntumor ergeben. Das war vor drei Jahren. Heute übt er seinen Beruf aus, muss aber selbst immer noch Rehamaßnahmen in Anspruch nehmen, um die körperlichen Schäden, die dieser Tumor ausgelöst hat, durch üben, üben, üben abzumildern. Er hofft, dass er den Tumor besiegt hat. Auch diese Geschichte macht mir Mut.

Das Personal insgesamt ist sehr jung. Nur wenige scheinen über 30 zu sein. Alle sind hoch motiviert. Ständig gute Laune, Lachen und überall auf allen Stockwerken Aktivitäten. Das steckt natürlich an, macht mich fröhlich und zuversichtlich.

Und dann gibt es da auch noch das Gerätetraining, allerdings um Klassen besser als in der Rehaklinik. Wieder muss ich erst einchecken. Das geschieht über den Computer mit der Erfassung meiner Daten, die gleichzeitig auf einer Plastikkarte gespeichert werden. Diese Karte begleitet mich dann von Gerät zu Gerät. Jedes der Geräte wird erst mal auf meine Körpermaße eingestellt: Sitzfläche, Sitzhöhe und Nähe zu den Hebeln oder Pedalen, die ich betätigen muss. Dann kommen noch die jeweiligen Gewichtsangaben dazu. Der Computer gibt genau vor, inwieweit ich die Hebel drücken muss, und nimmt auch die Geschwindigkeit auf beziehungsweise gibt sie vor. Die Karte speichert das alles und beim Auschecken werden die Daten auf den Computer übertragen. So können die Therapeuten den Verlauf der Trainingseinheiten genauestens nachvollziehen. Die Karte muss ich am Ende der 60 Minuten wieder abgeben und das nächste Mal hole ich sie bei Beginn ab und kann mich selbstständig mit den einzelnen Geräten auseinandersetzen. Ohne Karte geht natürlich nichts. Ich finde das System hervorragend, da ich so relativ unabhängig bin und nicht ständig einer neben mir stehen muss. Durch die Vorgaben und Aufzeichnungen kann ich nichts falsch machen, was ja für meine Besserung extrem wichtig ist.

So geht es fünf Tage. Ich fühle mich gut aufgehoben und zumindest tun mir alle Dinge gut. Wirklich spürbare Erfolge brauchen lange Zeit, so sagen mir alle. Die leichten Verbesserungen machen mir aber auch Mut und freuen mich. Einmal die Woche ist Visite. Diese erbringt aber keine wesentlich neuen Erkenntnisse.

Also geht es am nächsten Tag wie gewohnt weiter. Es steht wieder Physiotherapie auf dem Programm. Ich soll mich auf den Bauch legen. Das mache ich. Diesmal behandelt mich ein Therapeut, der mich schon einmal bei der Massage betreut hat. Damals hat er mir eine Bauchmassage gemacht, um meinen Darm und meine Blase wieder zum Arbeiten anzuhalten. Er ist sehr engagiert und sein Name wird von den anderen Kollegen immer respektvoll genannt. Oft habe ich gehört, dass Patienten froh sind, wenn sie von ihm behandelt werden. Ich liege also so auf dem Bauch rum und er sagt: »Ihr linkes Bein unterhalb des Knies ist dicker als das rechte.« Ich erwidere: »Das ist nichts Neues. Bei der Anmeldung waren da zwei Zentimeter Unterschied.« Ob ich Thrombose hätte. *Nein*, will ich sagen, habe aber eigentlich keine Ahnung. »Gut, dann stellen Sie sich mal an die Wand und versuchen Sie, sich über die Zehen hochzustemmen.« Das geht natürlich nicht. »Bei ihrer linken Wadenstärke müssten Sie an die Decke springen können«, meint er und will, dass sich das sofort noch mal ein Arzt ansieht.
Das tut dann auch der, der mich visitiert hatte. Er schlägt vor, dass ich zu einem anderen Arzt oder ins Krankenhaus gehe, um zu klären, ob ich Thrombose habe oder nicht. Um das zu organisieren, soll ich mich im Sekretariat melden. Das mache ich umgehend. Die Sekretariatstanten sind allerdings, wie soll ich sagen, mehr mit sich

selbst und ihrer enorm wichtigen Arbeit beschäftigt, als zum Beispiel einen am Tresen wartenden Patienten zu beachten. Ich störe die mit meinem Anliegen eigentlich nur. Eine der Damen nimmt sich schließlich der Sache an. Sie will einen Arzt anrufen, der seine Praxis gegenüber hat. Ich soll so lange im Wartezimmer Platz nehmen.

Endlich kommt die Sekretärin und teilt mir mit, der Arzt hätte die Praxis schon geschlossen. Die wäre Donnerstags nur bis 12.00 Uhr geöffnet und das hätten wir jetzt, um 13.00 Uhr, quasi verpasst. Sie würde es aber jetzt gleich im Krankenhaus versuchen. Mittlerweile weiß ich, dass man den Erstbefund einer Thrombose mit Ultraschall feststellt. Ein solches Gerät hat mein Hausarzt auch. Ich danke für die Bemühungen und erkläre, dass ich meinen Hausarzt aufsuchen werde. Der öffnet wieder um 15.00 Uhr und das passt perfekt.

In der Praxis meines Hausarztes geht es auch ohne Termin. Ich erkläre mein Problem, soll in einer Stunde wiederkommen und dann würde der Arzt eine erste Untersuchung durchführen. Als ich dran bin drückt und fühlt er die beiden Beine ab und macht ein bedenkliches Gesicht. Dann sieht er mit dem Ultraschallgerät nach. Er ist sich ziemlich sicher, dass im linken Bein ein Verschluss der Vene vorliegt. Das kann er mir auch über die Ultraschallbilder am Bildschirm einigermaßen nachvollziehbar zeigen. Absolute Sicherheit könnten wir nur über eine Blutuntersuchung bekommen. Um aber ein Risiko auszuschließen, verschreibt er mir einen Stützstrumpf und die mir vom Krankenhaus und der Reha bekannten Bauchspritzen, um eine Blutverdünnung zu erreichen. Bis Montag wüssten wir dann mehr.

Die Spritzen bestelle ich gleich in der Apotheke, die 50 Meter vom Arzt entfernt ist. Schön, dass wir in unserem Dorf noch alle Geschäfte und Einrichtungen haben. Dort erfahre ich auch, dass die Mitarbeiterin, die die Beine zum Anpassen der Stützstrümpfe vermisst, gerade Urlaub hat. Einfach so könne man keine bestellen, obwohl ich die Größe vom Krankenhausaufenthalt her noch kenne. Der Apotheker empfiehlt mir, mich direkt an ein Sanitätshaus zu wenden.

Das will ich tun. Zu diesem Zweck gehe ich gleich ins Büro telefonieren. Am nächsten Tag habe ich in der nahen Kreisstadt einen Fußpflegetermin. Normalerweise gehe ich immer morgens in Verbindung mit einem Besuch bei meinen Mitarbeitern hin. Diesmal musste ich mich kurzfristig anmelden und die Fußpflegerin hat mich vor dem Feierabend aus alter Verbundenheit noch angenommen. So denke ich mir, da dieser Termin um 17.00 Uhr ist, wäre 15.00 Uhr im Sanitätshaus genau richtig. Vom ersten Sanitätshaus, bei dem ich anrufe, erfahre ich, dass Freitags nur bis 14.00 Uhr geöffnet ist. Zuerst müsse ohnehin Maß genommen werden und die Strümpfe würden dann nach drei Tagen abholbereit vorliegen. Na, das passt natürlich nicht so richtig in meinen Plan. Ich verabschiede mich vorerst mal höflich mit der Zusicherung, ich würde mich bei Bedarf noch mal melden. Beim zweiten Versuch passt es dann. Die Frau am anderen Ende der Leitung ist sehr freundlich. Sie meint, das sei gar kein Problem und wenn wir Glück hätten, wäre meine Größe auf Lager. Das hörte sich doch gleich wesentlich besser an und ich mache den Termin für den nächsten Tag fix.

Für den heutigen Tag beschließe ich, genügend erlebt und erledigt zu haben.

Erst am nächsten Morgen, dafür aber schon kurz nach acht, rufe ich in der Tages-Reha an und melde mich bis Anfang nächster Woche thrombosebedingt ab. Das hat mir mein Hausarzt so geraten. Freitagmorgen ist also frei und ich kann im Büro etwas abarbeiten und meinen Rundgang mit Stöcken über die Straßen der Nachbarschaft machen.

Dann fahre ich ins Sanitätshaus. Tatsächlich sind die in Wirklichkeit genauso nett wie am Telefon. Zwei Frauen sind da, wobei mich die jüngere, die ich auch am Telefon hatte, bedient. Sie ist noch Azubine und ganz stolz, dass sie das selbstständig darf. Mein Bein wird nackt gemacht und genauestens von oben nach unten vermessen. Ich möchte einen Strumpf, der an den Zehen offen ist. Es gibt da auch eine geschlossene Version, aber die offene finde ich angenehmer. Sie geht ins Lager und siehe da, meine Größe ist vorrätig. Da bin ich wirklich froh, denn ein wenig Schiss hatte ich schon. Wenn so ein Thrombus sich löst, kann das zu Herzinfarkt oder Schlaganfall führen.

Die Azubine zieht mir den Strumpf an und weist mich dabei gleichzeitig in den Gebrauch ein. Sie macht das mit Gummihandschuhen und empfiehlt mir das ebenso. Der Griff wäre besser. Später, als ich mit mir alleine bin, mache ich das nicht ein einziges Mal. Ich komme mit An- und Ausziehen auch ohne Handschuhe bestens zurecht. Überhaupt ist das Tragen bei Weitem nicht so unangenehm für mich, wie das immer von anderen berichtet wird. Zum Abschluss bekomme ich noch gratis eine Waschlotion und den Hinweis, dass ich nachts den Strumpf nicht tragen muss. Das heißt, ich soll den abends ausziehen, in lauwarmem Wasser mit der Lotion auswaschen und zum Trocknen aufhängen. Am nächsten Morgen wäre der dann zum Anziehen wieder schön sauber und trocken.

Ich gebe gerne ein ordentliches Trinkgeld und fahre weiter zur Fußpflege. Seit Jahren gehe ich dort hin. Sie ist die Tochter einer Masseurin, zu der ich auch seit 20 Jahren gehe, die aber jetzt, mit über 70 Lebensjahren, ihren Beruf nicht mehr ausübt. Mein Termin, den ich bei meiner neuen Masseurin ebenfalls vereinbart hatte, wurde von ihr abgesagt. Sie hat wohl gehörigen Respekt vor meinem geklammerten Rücken und will in diesen Krankenzustand vorerst nicht eingreifen. Schade, aber wenn sie sich nicht traut, ist das vielleicht auch besser so. Meine Fußpflegerin ist ganz lieb zu mir. Sie hat auch einige Arbeit, immerhin war ich ja knapp zwei Monate nicht da. In der Reha hat die Fußpflegerin, die mit einem mobilen Gerätewagen bei mir auf dem Zimmer war, das in zehn Minuten erledigt und war ihr Geld nicht wert. Das war damals auch noch teurer, als ich hier bezahlen muss. Ich bekomme also wieder zarte, sich schön anfühlende Füße und ich erzähle ihr, wie es mir ergangen ist. Und siehe da, sie hat auch noch einen Tipp für mich: 150 Kilometer entfernt gäbe es einen Arzt, der schon über 90 Jahre alt sei und über ein schier unermessliches Wissen verfüge. Dieser Arzt hätte ihre Tochter von einem Nierenleiden geheilt, was über Jahre nicht gelungen sei und das Mädchen erheblich belastet und eingeschränkt habe. Sie gibt mir Namen und Adresse und empfiehlt mir, dort unbedingt hinzugehen. Ich soll da anrufen. Die Sekretärin würde mir dann einen Termin geben. Das könnte aber einige Monate dauern. Danach würden die mir eine Anforderungsliste schicken. Mein gesamtes gesundheitliches Leben müsste ich dann aufschreiben. Der Arzt würde sich in diese persönliche Krankenakte einlesen und meinen aktuellen Gesundheitszustand mit der speziellen Problemstellung analysieren. Im Rahmen des Behandlungstermins würde er sich dann erfahrungsgemäß zwei Stunden Zeit nehmen und mich noch mal eingehend untersuchen. Wenn diese Ursachenforschung abgeschlossen sei, würde er in der Regel Arzneimittel, die er wohl in Hülle und Fülle bei sich in der Praxis vorrätig habe, zusammenstellen und mir mitgeben. Sollten weitere operative Eingriffe notwendig sein, würde er das auch entsprechend empfehlen und begründen. Bei ihrer Tochter beispielsweise habe er festgestellt, dass eine Niere nicht festgewachsen, sondern frei schwebend Schmerzen und Probleme verursachte. Aufgrund dieses Befundes hat er eine OP empfohlen. Allerdings wurde diese nicht auf traditionelle Weise, sondern über einen Geistheiler durchgeführt. Von diesem Mann hatte sie mir schon früher erzählt. Der führt Operationen ohne Skalpell durch, nur mit den Händen, die in den Körper einfahren, und das alles ohne später sichtbare Narben. Trotz dieser wundersamen Geschichte oder gerade deshalb hoffe ich, dass ich keine Operation brauche. Ehrlich gesagt würde ich auch diese Möglichkeit ausprobieren, wenn ich sonst keine Chance sähe.

Zwei Wochen später rufe ich bei diesem Arzt an und lasse mir einen Termin in drei Monate reservieren. Unterlagen für mich werden in dem Gespräch avisiert. Diese sind dann auch einige Tage später in meinem Postkasten. Alles wie beschrieben. Das heißt … fast wie beschrieben. Der Fragebogen ist wirklich sehr ausführlich und alles deutet darauf hin, dass dieser Arzt seine Sache sehr ernst nimmt. Ein Zettel mit der Bitte um Rückmeldung, da der Termin um einen Tag verschoben werden muss, liegt auch dabei. Auch eine Honorarvereinbarung über 1500,- Euro und der Hinweis, dass die Krankenkasse diese Kosten nicht übernehmen wird. Das ist eine Menge Geld, aber für meine Gesundheit allemal angemessen, denke ich. Ohne diesen Aspekt, dass es um mich geht und mir dafür kein Preis zu hoch ist, finde ich dieses Ansinnen jedoch überzogen. Irgendwie habe ich da kein gutes Gefühl, also sehe ich mir mal die Internetseiten an. Es gibt nicht viel. Von fünf Meinungsäußerungen sind drei gut, anscheinend von Dauerpatienten. Das will ich aber weder sein noch werden. Die beiden anderen sind schlecht. Ich lasse den Termin vorerst stehen beziehungsweise bestätige die Verschiebung um einen Tag. Die Zeit bis dorthin ist ja noch lang genug, um je nach Lage diese Entscheidung noch mal zu korrigieren.

Aufgrund der Thrombose und zugegebenermaßen einer anstehenden, fast drei Wochen dauernden Geschäfts- und Urlaubsreise in und um die Hauptstadt Berlin, kann und will ich die Reha nicht sofort fortsetzen, sondern aussetzen. In den Gesprächen mit der Reha-klinik und der Rentenanstalt erfahre ich, dass es so nicht geht. Die Reha muss für abgeschlossen erklärt werden und dann, wenn ich soweit bin, neu beantragt werden. Das ganze Prozedere beginnt dann von vorn. Immerhin 15 Tage könnte ich so noch einmal ge-nehmigt erhalten.

Dank Internet habe ich über meine Tochter erfahren, dass eine Uni-klinik in der Nähe meiner ursprünglichen stationären Rehaklinik, rund 100 Kilometer von meinem Wohnort entfernt, sich auf die Urologie spezialisiert hat. Von einfachen Behandlungen bis hin zur Bildung neuer Blasen mit irgendwelchen Muskeln, haben die wohl das ganze Programm drauf. Auf telefonische Rückfrage wird mir erklärt, dass Erstuntersuchungen nicht auf Terminvereinbarung, sondern einfach Freitags ab 12.00 Uhr durchgeführt werden. Ich soll alle meine Unterlagen mitbringen und einfach vorbeikommen.

Also bin ich am nächsten Freitag in der Klinik, zur zentralen Auf-nahme. Das geht da zu wie bei der Kfz-Zulassungsstelle. Man muss Nummern ziehen und wird dann aufgerufen. Es geht recht flott, kaum zehn Minuten und ich bin dran. Nach der Übergabe meiner Unterlagen wird eine Krankenakte angelegt und ich werde mit die-ser ausgestattet gebeten, mich in der Urologie zum weiteren Proze-dere zu melden. Die befindet sich im ersten Stock des gleichen Ge-bäudes. Dort gebe ich wieder im Sekretariat des Professors alles ab und gehe auf Warteschleife.

Bald soll ich Urin zur Untersuchung abgeben. Dazu soll ich so lan-ge Wasser trinken, bis ich Harndrang spüre. Sobald das der Fall ist, soll ich mich melden. Die Stärke des Harnstrahles aus dem natürli-chen Ausgang meines Pipimannes soll mittels eines Plastikventils gemessen werden. Hierzu setze ich mich auf einen Toilettenspezial-stuhl. Dort ist in der Kloschüssel unten eine Meßeinrichtung einge-baut, auf die ich pinkeln muss. Das dortige Ventil misst die Stärke des Strahls und die Abgabemenge. Das alles zusammen dauert inklusive Wartezeiten etwa zwei Stunden.

Dann werde ich zum Gespräch gerufen. Eine Ärztin macht ein Interview mit mir und lässt sich sehr detailliert schildern, wie das alles so bei mir unten herum mit Wasserlassen und Stuhlgang funktioniert. Sie erklärt, dass es viele Möglichkeiten gäbe, medizinisch bis hin zu operativen Eingriffen, um mir zu helfen. Zuerst wäre es aber notwendig, eine Untersuchung von Blase und Darm durchzuführen. Diese würde ambulant erfolgen und zwei Stunden in Anspruch nehmen. Dabei werden dann Druck und Arbeitsfähigkeit beider Organe über Sonden gemessen. Wenn diese Ergebnisse vorlägen, könnte über das weitere Vorgehen entschieden werden. Das hört sich für mich sehr sinnvoll an und wir vereinbaren für Dienstag in drei Wochen einen Termin. Da ich ohnehin gerade wieder routinemäßig eine Krebsvorsorgeuntersuchung vornehmen lassen will, bietet sie mir an, sich gleich mal die Prostata anzusehen, ob es hier eine Vergrößerung gibt oder nicht. Abgesehen von der Information zur Krebsvorsorge, könnte eine vergrößerte Prostata auch noch beim Harnlassen behindern, da diese dann auf den Harnkanal drücken würde. Das finde ich gut. Sie lässt mich also seitlich auf die Liege legen, die Hosen nach unten und den Po zu ihr. Mein Urologe zu Hause macht das immer anders. Ich muss mich dort vor die Liege stellen und pressen und er stößt dann einen Finger in meinen Hintern, fühlt und teilt mir das Ergebnis mit. Das ist für mich einmal nicht so sehr angenehm und andererseits erstaunlich, weil ich mich immer frage, welch hohe Sensibilität er in seinem Finger haben muss, um zu erkennen, ob die Prostata jetzt unnatürlich vergrößert ist oder nicht. Und tatsächlich – die jetzige Untersuchung bestätigt: die hat er. Von der Ärztin bekomme ich eine Sonde, die aussieht wie ein handelsüblicher Dildo, der mit einem Pariser von ihr überzogen wird, in den Hintern eingeführt. Damit misst sie dann die

Größe der Prostata, mit dem befriedigenden Ergebnis, dass diese für mein Alter fast jungfräulich, nämlich nur um drei Millimeter vergrößert ist. Damit ist klar: Hier ist weder im Sinne einer Krebsvorsorge noch im Hinblick auf eine Beeinträchtigung meines Harnkanales etwas zu tun. Schon mal ein für mich gutes Ergebnis. Ich schildere ihr dann noch meine bisherigen Besuche bei meinem Urologen, um das Bild, das sie von meinem Krankheitszustand hat, zu vervollständigen.

Mir wurde gesagt, ich solle mich vier Wochen nach dem Setzen des Bauchkatheders wieder in der Urologie des Krankenhauses melden, das auch die Rückenoperation durchgeführt hat. Das habe ich dann auch in der Rehaklinik, in der ich stationär war, so angegeben. Daraufhin wurde mir erklärt, die vier Wochen wären nur deshalb gesetzt, da es sich bis dahin um einen Katheder handele, dieser aber nach Ablauf der vier Wochen juristisch gesehen zu einem Implantat mutieren würde. Dann wäre das Entfernen beziehungsweise Tauschen grundsätzlich schwieriger, da das *Implantat* zu meinem Körper gehört und nicht einfach so entfernt werden kann. So habe ich wieder einmal, wie so oft, etwas gelernt, jedoch den Sinn und Zweck nicht wirklich verstanden.

Zum Ende der fünften Woche habe ich dann bei meinem Urologen einen Termin bekommen. Mit diesem Arzt habe ich auch telefoniert und ihm vorher alles ausführlich geschildert. Vollstes Vertrauen hatte ich, da ich dort seit 14 Jahren meine Krebsvorsorgeuntersuchungen machen lasse. Nach der Anmeldung im Eingangsbereich wurde ich gebeten das Wartezimmer aufzusuchen. Gewohnt war ich, dass nach wenigen Minuten die Sache losgeht. Anscheinend gilt das nur für Krebsvorsorge. Bis ich an der Reihe war, dauerte es fast eine Stunde. Dann wurde ich aufgerufen. Eine der Mitarbeiterinnen brachte mich in einen Behandlungsraum und fragte, welche Größe der Katheder denn habe, den ich liegen hätte? Keine Ahnung, sagte ich. Wir schauten nach und siehe da: auf dem Schlauch stand *12 mm*. Das wäre blöd, sagte sie. »Da legen wir heute am besten vierzehn Millimeter und beim nächsten mal sechzehn.« Bei 12 und 14 Millimeter müsste nämlich ein Draht eingeführt werden. Das wäre später bei 16 Millimeter nicht mehr nötig. Ab da könnte das so bleiben. Mir reichte es schon wieder. Ich erklärte ihr, dass da gar nichts hoch und runter gewechselt würde, bevor ich mit dem Arzt gesprochen hätte und untersucht worden sei. Sie war eingeschnappt, sagte, dann müsste ich eben weiter warten, und verschwand. Nach einer weiteren halben Stunde kam dann der Arzt meines Vertrauens. Ich zog in ein anderes Zimmer um und er machte zuerst einmal die Ultraschalluntersuchung. Mit den Nieren wäre alles okay. Im Übrigen erklärte er mir im Prinzip das, was mir seine Angestellte auch schon erklärt hat. Ich versuchte deutlich zu machen, dass ich kein Dauerpflegefall sein wollte. Im Gegenteil wollte ich das Plastik so schnell wie möglich aus meinem Bauch haben. Er hatte Verständnis, aber das war's dann auch schon. Wir einigten uns, den Katheder zu wechseln, und zwar wieder auf 12 Millimeter. Dann zeigt er mir einen Draht, der seiner Meinung nach sehr dünn sei, knapp einen halben Meter lang. Den würde er zuerst einführen, damit sich das Loch beim Rausziehen des zu wechselnden Schlauches nicht wieder verschloss. Darüber würde er dann den Schlauch schieben, alles kein Problem. »Ziept ein bisschen, aber das war's dann auch schon.« Es tat weh. Ich jammerte und verkrampfte mich. Er schimpfte und schob. Wir waren beide froh, als es vorüber war. Schuld war natürlich ich, weil ich mich verkrampft hatte. Mir reichte es gründlich. Allerdings musste ich noch zur Blutentnahme, denn wenn ich schon mal da war, konnte ich ja auch gleich mit dem Krebstest beginnen. Das brachte ich noch hinter mich, ließ mir einen neuen Termin in vier Wochen geben und machte mich davon, ziemlich sauer.

Nachdem ich der Ärztin der Uniklinik dies alles erzählt habe, verabschiede ich mich.

Mein Tag damals, war nach dem Urologen noch nicht ganz zu Ende. Mein Plan war es, von der Stadtmitte aus zum Bahnhof zu laufen. Ich hatte nämlich kein Auto dabei, da ich mich morgens zum Urologen hatte fahren lassen.

Auf diesem Wege lag auch die Praxis eines chinesischen Arztes. Bei diesem war ich rund sechs Monate vorher für zwei Monate in Behandlung, noch vor dem Bandscheibenvorfall. Nachdem ich ihm damals mein Rückenleiden geschildert hatte, hat er sich meine Zunge angesehen und den Puls gefühlt. Über zwei Monate verteilt habe ich dann Akupunkturnadeln in den Körper gesteckt bekommen. Einmal hat er mich geschröpft. Zum Abschluss meiner Behandlungsreihe hat er mich wieder untersucht und festgestellt: »Wissen Sie, Olgane in Oldnung, alles in Oldnung.« Ich wurde sozusagen als vorerst geheilt entlassen. Ich sollte mich drei Monate später wieder melden. Dazu ist es ja aber leider nicht mehr gekommen.

Unangemeldet ging ich also da rein, nannte meinen Namen und bat darum, den Arzt sprechen zu können. Der nahm mich auch gleich dran, brachte mich in ein Behandlungszimmer und erkundigte sich, was passiert sei. Ich erinnerte ihn an seine letzte Aussage *Olgane gut, alles gut* und schilderte in Kürze den bisherigen Ablauf. Er war sichtlich betroffen und sehr wortkarg, bat mich, mich auszuziehen und auf die Behandlungsliege auf den Rücken zu legen. Dann setzte er Akupunkturnadeln. Nicht sehr viele, vielleicht zwei oder drei. Mir drängte sich der Gedanke auf, dass das reine Verzweiflung war, um irgendwas zu tun, was nicht direkt schaden konnte.

Nach dem Setzen der Nadeln war wie immer eine Stunde Ruhe angesagt. Danach verabschiedeten wir uns und ich ließ mir im Sekretariat vorerst einen weiteren Termin geben. Mehr war nicht drin, da die Praxis wegen Urlaub in Kürze ein paar Wochen geschlossen war.

Bei der zweiten Behandlung zwei Tage später hatte er sich wieder gefasst. Ich musste mich auf den Bauch legen und er setzte mir 27 Akupunkturnadeln. Ich zählte mit und hatte den Eindruck, dass er sich diesmal genau überlegt hatte, was er machte, sozusagen zum Großangriff überging. Ob und was mir genau half, war schwer zu beurteilen, da ich ja Reha, Tabletten und Arztbesuche fast jeden Tag hatte.

Nach diesem Besuch hatte ich noch mal einen guten Kilometer bis zum Bahnhof zu gehen, bergauf durch die Stadt. Die Mittagszeit war vorüber und ich hatte Hunger. Gleich im nächsten Gebäude gab es einen chinesischen Schnellimbiss. Das passte perfekt in die Dramaturgie dieses Tages. Ich aß Entenbrust, scharf, mit Gemüse und dazu eine *Cola light*.

So frisch gestärkt ging ich zum Bahnhof, immer wieder kleine Pausen machend. Mit dem Zug fuhr ich dann am frühen Nachmittag nach Hause. Mein ursprünglicher Plan war, vom Bahnhof aus heimwärts zu laufen. Da ich aber ohnehin schon erschöpft war, ließ ich mich abholen. Dazu muss man wissen, dass der Bahnhof in einem Tal liegt und jeder, der nach Hause will, eine stark ansteigende Straße hochlaufen muss. Das macht niemand gerne freiwillig. Die meisten lassen sich abholen.

Die folgenden vier Tage inklusive Wochenende verbringe ich in Ruhe zu Hause, mit Arbeiten am Schreibtisch und täglichen Wanderungen, um mein Laufbild zu verbessern. Die darauf folgenden drei Wochen sind zur Hälfte mit berufsbedingten Reisen und einem Kurzurlaub mit meiner Familie gefüllt. Das ist erfolgreich und lenkt mich auch vom ständigen Nachdenken und mich selbst Beobachten, also ichbezogenem Handeln und Denken ab. Ja, es gibt sie noch, die

Welt da draußen, außerhalb meines zweiten und dritten Rückenwirbels, meiner Lähmung an Beinen und Füßen und meiner Lähmungen an Blase und Darm. Unglaublich, aber wahr.

Vorher wurde noch der Bauchkatheder von meinem Urologen gewechselt und von 12 auf 14 Millimeter erweitert. Wir brachten das fast wortlos hinter uns, da wir beide noch vom letzten Mal die Nase voll hatten. Dabei wurde wieder eine Blasenentzündung festgestellt und ich bekam fünf Tabletten, die ich schlucken sollte. Jeden Tag eine. Diese Kur war erfolgreich, denn bei der darauf folgenden Untersuchung in der Urologie wurde mir Keimfreiheit bestätigt. Diese Keimfreiheit war auch zwingend erforderlich, sonst hätte keine Untersuchung in der Klinik vorgenommen werden können. Bei einer Infektion wären die gemessenen Werte nicht verwendbar, da diese sich im Infektionsstadium verändern.

Auf meinem Terminkalender war ja noch die intensive Blasenuntersuchung in eben dieser Uniklinik vorgemerkt. Im Rahmen der Verlängerung meines Krankenscheines und der Ausstellung von Folgerezepten, untersuchte mich mein Hausarzt und stellte fest, dass sich der Thromboseverschluss minimal um etwa 1,5 Millimeter von möglichen beziehungsweise notwendigen fünf Millimetern geöffnet hatte. Also weiter Strümpfe und Blutverdünnungsmittel. Dafür aber wenigstens keine Bauchspritzen mehr. Der Urin sei jedoch völlig verseucht von Bakterien, meinte er. Es müssten erst Kulturen angelegt werden, um die Keime möglichst konkret zu bestimmen. Sobald dann die Namen der Verursacher bekannt seien, müsste ich ein darauf abgestimmtes Antibiotika nehmen.

Keimentwicklungszeiten, Urlaub, Geschäftsreise und das Einnehmen des speziellen Antibiotikums reichten dann vom Zeitablauf her gerade so, dass von insgesamt zehn Tagen verpflichtender Einnahme des Antibiotikums sechs Tage um sind, als mein Bauchkatheder wieder gewechselt werden muss.

Jetzt hat der Urologe endlich seinen Willen. 16 Millimeter stark ist der neue Schlauch und daher kann in Zukunft eine Angestellte meinen Katheder wechseln. Dafür muss ich dann auch nicht mehr so lange warten. Das sei doch toll. Aha, toll findet er das. Ich sage ihm, was toll ist, nämlich dass ich einen Tag später zur Blasendruckprüfung in der Uniklinik fahre, damit ich endlich mehr tun kann, als nur Röhrchen tauschen. Er schimpft, wieso und warum die Kommunikation zwischen ihm und der Klinik nicht gut funktionieren würde. Ich verspreche artig, ihm das Ergebnis für seine Akten mitzuteilen. Wir trennen uns friedlich und ich hoffe auf morgen.

Ja … und dann ist morgen. Das vorerst letzte Kapitel. Um 12.45 Uhr habe ich Termin im Klinikum. Da ich eine halbe Stunde früher da bin, habe ich ausreichend Gelegenheit für einen kleinen Mittagsimbiss in der Cafeteria. Beim Anmelden in der Zentrale ziehe ich eine Nummer und komme auch gleich dran. Ich werde registriert und kriege eine Handakte mit Scanstreifen, die die jeweiligen Behandlungsstationen aufkleben können. So kann ich meine Blut und Urinproben et cetera jederzeit verfolgen.
Bei der zweiten Anmeldung in der Urologie wird es schon schwieriger. Ich bin pünktlich und ziehe eine Nummer. Nach 20 Minuten werde ich aufgerufen. »Ah, wir haben schon auf Sie gewartet.« Schön, sage ich, ich warte draußen und Sie drin … Systemfehler? Es geht gleich mit einer Urinprobe los. Danach komme ich in einen separaten Wartebereich vor dem Behandlungsraum.
Nach wieder 20 Minuten werde ich in den Raum gerufen. Jetzt erklärt mir wie früher im Mittelalter der Arzt (früher *Henke*r) die medizinischen Geräte und zeigt sie mir (früher *Folterwerkzeuge*). Der Arzt gibt sich Mühe und erklärt mir den Vorgang. Während ich auf diesem Tisch läge, würde er durch meinen Penis einen Katheder

einführen. Über dieses dünne Röhrchen würde er nach und nach meine Blase mit Kochsalzlösung füllen, dabei gleichzeitig das Druckverhalten mittels einer Sonde, die über den Baukatheder eingeführt wird, messen. Da das Umfeld der Blase ein eigenes Druckverhältnis hat, kommt noch eine Sonde durch meinen After in den Darm. Ich müsste nichts tun, als ihm mitzuteilen, sobald ich den ersten Harndrang verspüre und ihn dann noch den jeweiligen Dringlichkeitsgrad mitteilen. Ab und zu würde er mich noch zum Husten auffordern.

Bevor es losgeht, befragt er mich noch eingehend über Pinkelbedürfnis und Verhalten, über Stuhlgangzeiten, Art und Beschaffenheit der *Ergebnisse* sowie über meine Erektionsfähigkeit. An der Stelle gelingt es mir nicht gut, ihm zu erklären, was gegenüber früher anders ist, aber er lässt es dann dabei bewenden.

Dann geht es los. Ich soll mich auf den Tisch legen. Mache ich. Ungefähr im unteren Drittel ist eine Vorrichtung, wie ein Hufeisen geformt, nur wesentlich größer. Sieht merkwürdig aus und ich bin zu blöd zu erkennen, was das ist. Ich also auf den Rücken, soll mich aufrichten. Ist natürlich wegen der Operation am Rücken anstrengend für mich. Der Arzt hilft mir mit seiner Assistentin. Diese – anscheinend eine Ärztin in Ausbildung, Ende 20, blond, hübsch, und ich denke aufgrund der Situation schüchtern – hilft ihm dabei. Er streicht mir über den unteren Rücken im Übergang zum Hintern, um meine Sensibilität zu testen. Dort spüre ich alles.

Ich darf mich wieder hinlegen. Jetzt soll ich so lange nach unten rutschen, bis ich mit dem Po quasi an diesem Hufeisen klebe. So langsam verstehe ich, was die meinen, bin anscheinend manchmal schwer von Begriff. Mich irritiert auch die Schüchterne, die noch schüchterner wurde, seitdem ich auf Anweisung des Arztes meine Unterhose ausgezogen habe und damit jetzt frank und frei meinen blanken Hintern und den Schniedelwutz in die Luft strecke.

Sobald er die Vorbereitungen erledigt habe, würde der Tisch gekippt und ich würde auf dem Hufeisen wie auf einer Klobrille sitzen. So, das habe ich jetzt endlich verstanden. Sitzend deshalb, da insbesondere Männer beim Füllen ihrer Blase oft in Ohnmacht fallen. Wenn ich nicht sitzen würde, fiele ich womöglich um und könnte mir den Kopf anschlagen – dieses Theater gilt es zu vermeiden, wird mir erklärt.

Er führt mir also zuerst den Schlauch über den Penis in die Blase ein, was natürlich wieder wehtut, und klebt das Ganze an mir fest. Dann kommt noch die Sonde in mein Hinterteil und die andere in den Bauchkatheder. Das geht ohne Schmerzen. Dann dreht er das Bett langsam senkrecht. Ich fühle mich wie auf der Kirmes, sitze aber einigermaßen bequem und kann mich an der Verkleidung eines Kastens, dessen Funktion ich nicht kenne und der neben mir hängt, festhalten. Wie ein Affe auf dem Schleifstein sitze ich und staune. Nichts ist so blöd, wie man selbst in so einer Situation.

Meine Blase füllt sich langsam und eher unmerklich. Ich werde nicht ohnmächtig und melde immer die von mir empfundenen Druckverhältnisse, warte auf weitere Anweisungen. Als ich sage, jetzt würde ich im Normalfall pinkeln gehen, bekomme ich die Freigabe, dass ich jetzt auch darf. Das ist sicher gut gemeint, geht aber nicht. Auch das Öffnen eines Wasserhahns in der Toilette, die es hier gibt, nützt nichts. So eine große Mühe haben die sich gegeben, einen Eimer mit einem riesigen Trichter obendrauf unter mein Sitzgestell positioniert und all das – aber es geht nichts.

Nach einigen Minuten haben die beiden ein Einsehen und brechen ab. Ich werde abmontiert und der Schlauch aus meinem Pipimann rausgezogen. Ich darf die Toilette benutzen und mich wieder anziehen. Ganz alleine auf dem Klo bin ich gut drauf und pinkele nach Herzenslust. Hier geht das eben, weil nur ich zusehe.

Das Ergebnis der Untersuchung soll ich direkt erfahren. Der Arzt kommt zu mir auf den Flur. Nicht gerade intim, denn da warten ja noch andere. Er erklärt mir den Messverlauf und verschreibt mir Tabletten, die helfen sollen, den Beckenbereich und die Prostata zu entspannen, damit es mir leichter fällt, auf normalem Wege Urin rauszulassen. Die soll ich drei Monate nehmen und dabei ohne Tages- oder Nachtbeutel, immer wenn ich muss, normal pinkeln und den Rest über das Ventil am Bauchkatheder ablassen. Dabei soll ich mit einem Messbecher feststellen und notieren, wie viel wo raus kommt, damit man am Ende der drei Monate zuverlässig meine Blasenfunktion beurteilen kann.

Das war es dann für diesen Tag und überhaupt vorerst. In drei Monaten wird noch mal eine einfache Druckmessung über das normale Wasserlassen durchgeführt und dann sehen wir weiter. Er verspricht mir noch einen schriftlichen Bericht für mich, meinen Urologen und meinen Hausarzt. Ich bin entlassen.

So gehe ich dahin, nicht viel schlauer als zuvor. Im Anschluss treffe ich draußen meine Physiotherapeutin aus der stationären Reha. Sie wohnt dort in der Nähe und wollte sich mal ansehen, wie weit ich schon bin. Zufrieden ist sie nicht. Wir laufen eine gute Stunde und ich verspreche ihr, mich weiter anzustrengen.

Epilog

Die unterbrochene Tages-Reha wollte ich gleich anschließend im Sommer vornehmen. Diese musste ich dann wieder über den Hausarzt bei dem Rentenversicherungsträger beantragen. Das tat ich im Mai des Jahres. Immerfort wöchentlich fragte ich nach, da ich noch krankgeschrieben war und so schnell als möglich wieder möglichst vollständig mobil sein wollte und musste, um meine Arbeit wieder aufnehmen zu können.

Nach etwa sechs Wochen erhielt ich dann eine Genehmigung zur stationären Reha im Saarland. Das hatte ich aber nicht beantragt. Also musste ich eine Bestätigung vom Hausarzt vorlegen, dass ich mobil sei, also an einer Tages-Reha in der gewünschten Form teilnehmen konnte.

Nach weiteren zweieinhalb Monaten habe ich diese Zusage dann endlich als *Eilzusage* erhalten. Sicher bilden sich die Entscheidungsträger dort dann am Ende auch noch ein, zu meiner Genesung einen wesentlichen Beitrag geleistet zu haben. Mittlerweile habe ich auf weitere Krankmeldungen verzichtet und arbeite wieder zu zwei Dritteln. Das geht auch nur, weil ich mehr oder weniger selbstständig bin.

Meinen Bauchkatheder habe ich immer schön brav noch fünfmal wechseln lassen. Der weitere Termin in der Uniklinik sollte erst nach rund fünf Monaten stattfinden, da vorher kein Zeitfenster frei war. Fünf Wochen vorher hatte ich erhebliche Schwierigkeiten, vor allem durch ständige Blasenentzündungen und einer Entzündung des Wundbereiches um den künstlichen Ausgang. Ich beschloss, nicht bei jedem Urinieren die Blase völlig zu entleeren, sondern nach und nach erst nach einem, dann zwei, dann drei Tagen das Ventil zu öffnen. Nach dem dritten Versuch kippte das Mengenverhältnis und ich konnte mehr natürlich pieseln, als über das Ventil ablassen. Nach zwei Wochen bestand ich bei meinem Urologen darauf, den Schlauch zu entfernen, was dieser, verantwortungsvoll und vorsichtig wie er ist, nur nach einigem Zureden und zwei persönlichen Terminen in der Praxis tat.

Die damit verbundene wesentliche Verbesserung meines Gesundheitszustandes aber auch die Verbesserung meiner Lebensqualität ist unbeschreiblich. Wer lebt schon gerne ständig damit, der Gefahr ausgesetzt zu sein, dass das Ventil, das ja nur aufgesteckt ist, abrutscht und man sich dann plötzlich in aller Öffentlichkeit anpinkelt? (Ich hatte nach einem entsprechenden Vorfall, der sich leider einige Male wiederholte, immer eine zweite Anzuggarnitur im Auto.) Das Gleiche konnte auch nachts, bei einer ungeschickten Drehung im Bett, der Fall sein. Erklären Sie das mal, wenn sie bei Freunden zu Besuch oder im Hotel sind. Nicht zu beschreiben!

Den Termin in der Uniklinik konnte ich absagen. Jetzt gilt es nur noch dafür zu sorgen, dass alle Lähmungen sich zurückentwickeln, die Nerven wieder versorgt werden oder wachsen und ich dann wieder völlig normal laufen, Treppensteigen und mich auch sonst bewegen kann. Immerhin: Bis jetzt schaffe ich 2700 Schritte in 55 Minuten, die Hoffnung steigt.

DANKSAGUNG

Ich danke meiner Familie für die Unterstützung und Begleitung, die ich wirklich nötig hatte. Ich danke aber auch all jenen, die mich mit inakzeptablen Meinungen, Diagnosen, Vorschlägen oder Verhaltensweisen konfrontierten. Ohne diese Menschen wäre mir nie die Idee für dieses Buch gekommen.

Einer sehr guten Freundin und einem sehr guten Freund, die mir aktiv und mit Rat und Tat zur Seite standen, danke ich ganz besonders.

Ich – selbstverständlich – bedanke ich mich dafür, dass ich wieder laufen kann.

Zeitfracht Medien GmbH
Ferdinand-Jühlke-Straße 7
99095 Erfurt, Deutschland
produktsicherheit@kolibri360.de